www.jollibre.com

2018, Santillana Infantil y Juvenil, S. L. i Grup Promotor, S. L.
Carrer de les Ciències, 73 (Districte econòmic Plaça d'Europa)
08908 L'Hospitalet de Llobregat
Telèfon: 93 230 36 00

ISBN: 978-84-16661-79-4
Dipòsit legal: M-9519-2018
Printed in Spain

Primera edició: maig de 2018

Directora de la col·lecció:
Maite Malagón
Editora executiva:
Yolanda Caja
Direcció d'art:
José Crespo i Rosa Marín
Projecte gràfic:
Marisol del Burgo, Rubén Chumillas, Rosa Marín, Julia Ortega
i Álvaro Recuenco

EL MÓN FOSC. TALPS

Jordi de Manuel

jollibre

Imagina un habitatge subterrani en forma de caverna, amb una llarga entrada oberta a la llum que s'estén per tota l'amplària de la cova, i uns homes que hi són des de nens, lligats de peus i coll de manera que no puguin moure ni veure altra cosa que el que tenen davant, perquè les lligadures no els deixen girar el cap.

Platón
La República. Llibre VII (514a-541b)
Aproximadament any 380 aC

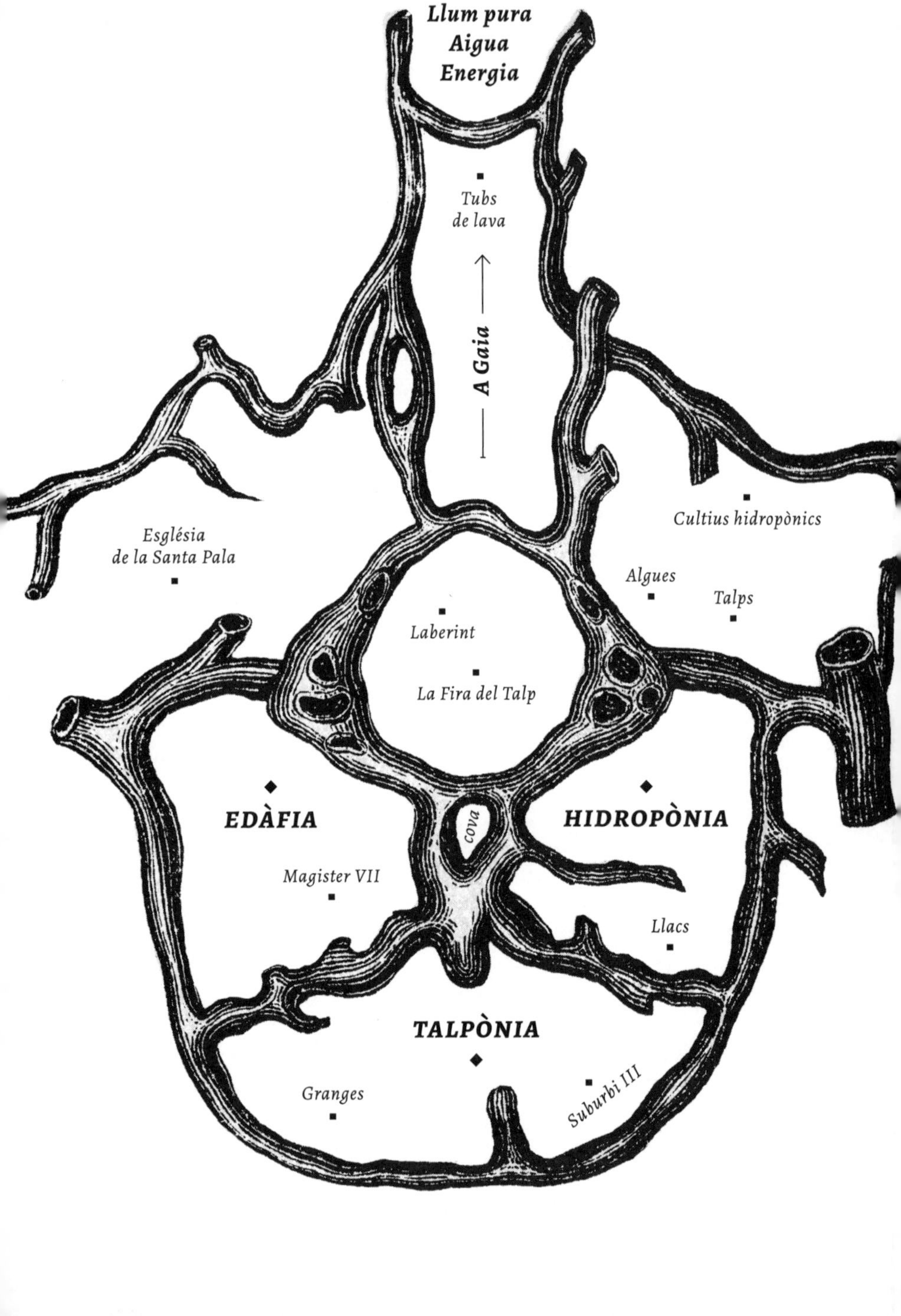
Llum pura
Aigua
Energia
Tubs
de lava
A Gaia
Església
de la Santa Pala
Cultius hidropònics
Algues
Talps
Laberint
La Fira del Talp
EDÀFIA
HIDROPÒNIA
cova
Magister VII
Llacs
TALPÒNIA
Granges
Suburbi III

Llibre primer

Rubik

Vaig tenir un somni, que no era del tot un somni.
El brillant sol s'extingí, i les estrelles vagarejaren
i s'enfosquiren en l'espai etern, sense rajos,
sense camins, i la glaçada terra oscil·lava cega
i s'ennegria en l'aire sense lluna; el matí arribà
i se n'anà —i arribà, i no va portar el dia, i els homes
oblidaren les seves passions davant del terror
d'aquesta desolació; i tots els cors es van omplir
de fredor en una pregària egoista per la llum: (...)

Lord Byron
Darkness (Obscuritat)
1816

1

La Duna no vol continuar

El professor Brigs es va alçar de la cadira i va empetitir els ulls fins que es van convertir en dos solcs de foc. Des de la penombra, tretze noies i vint-i-un nois contemplaven muts la projecció a la paret blanca de l'aula. Era una infografia dinàmica del cicle vital dels talps: els períodes de reproducció, les fases de creixement, maduresa i senectut.

Durant deu minuts, Brigs va explicar les característiques bàsiques d'aquells animals que eren la base dels productes alimentaris del món. Es va entretenir en la descripció d'alguns detalls anatòmics, explicant com se n'havien obtingut tantes varietats i se n'havien optimitzat els processos de cria, engreix i reproducció.

—L'exercici per a demà —va anunciar el professor amb una veu ronca, però poderosa— consisteix a descriure en menys de tres-centes paraules els hàbits alimentaris dels talps quan es trobaven en estat salvatge.

Quan va apuntar amb un dit la paret il·luminada, el tic facial que sovint li deformava la cara es va accentuar:

—Els que m'ho enviïn per correu intern avui, abans que comenci el període de foscor, tindran un punt addicional.

L'Edgar Grim, que ocupava un dels pupitres del final, va mirar la Duna Barts, dues files més endavant. Li va llançar el petit terròs que amagava dins el puny, el qual es va esmicolar a l'espatlla esquerra de la noia. Ella es va girar, li va etzibar una mirada plena de retrets i tot seguit es passà dissimuladament la mà per l'espatlla per espolsar-se la terra grisa que li embrutava la roba.

—«Tindran un punt addicional». —L'Edgar va mastegar les paraules fent escarni de Brigs, va dibuixar un u a l'aire amb un dit i va esbossar una ganyota que imitava el tic del professor.

Ella va mirar el noi i va moure el cap de banda a banda amb desaprovació. Brigs va apagar el projector. Una llum esmorteïda que sorgia del sostre va començar a inundar de claror l'aula. Un minut després va irrompre el so intermitent de la sirena que indicava el final de la instrucció diària a la Magister VII. Els estudiants van desar immediatament les interfícies a les motxilles i abans de sortir de l'aula es van anar inclinant, un rere l'altre, davant la Santa Pala sota la mirada de Brigs.

Quan l'Edgar va ser davant la Pala daurada, va advertir que els ulls rojos de l'Enzo Brigs el fitaven com fiblons. «Segur que m'ha vist llançar el terròs a la Duna», va pensar. Després de la reverència va poder observar de prop el professor albí. Els llavis, fins, dibuixaven una línia recta que només es torçava amb el tic facial. El seu tors, prim i encorbat, estava cobert per la mateixa parca de cuiro que portaven els estudiants. Portava uns pantalons de teixit sintètic, arrapats a unes cames desproporcionadament llargues. Els cabells, llargs i blancs, destacaven sobre la roba fosca, i uns ulls com dues esquerdes de sang interrompien la pal·lidesa del rostre. Les mans, fortes, tenien uns dits llargs que semblaven més avesats a foradar la terra que a polsar un teclat. No eren com les mans que hauria de tenir un professor. Per un moment, l'Edgar va advertir que els llavis de l'home se separaven, com si anés a dir alguna cosa, però va continuar callat. L'Edgar va calcular que Brigs devia sobrepassar la cinquantena, una edat a la qual arribaven pocs pobladors d'Edàfia.

Al passadís, entre les portes corredisses de les aules, la llum lletosa que emanava del sostre amb prou feines permetia distingir les cares dels companys.

La Duna va alentir el pas fins que va tenir l'Edgar al costat.

—No m'ho tornis a fer mai més, això —l'advertí ella amb una veu ferma, al mateix temps que es posava un dit a l'espatlla, just on el terròs s'havia esclafat. El noi l'agafà d'un braç amb suavitat i la va fer sortir de la fila, empenyent-la cap a una de les aules. L'espai mantenia una penombra que no permetia distingir si hi havia algú dins.

—Ho he fet perquè tu i jo hem de parlar —va dir l'Edgar.

—Tu i jo no hem de parlar de res.

—I tant, que hem de parlar. —El noi va assentir amb el cap i se li acostà encara més.— Fa dues setmanes que ens estem preparant. Ara no et pots fer enrere. Som un equip i no pots desaparèixer així com així.

Ella vacil·là durant uns instants, però la seva veu sorgí ferma:

—No desapareixo.

—Per què vols abandonar?

—És massa arriscat. —La noia el va mirar fixament als ulls.— Si ens descobreixen, pot tenir conseqüències terribles. Ja ha passat altres vegades. No vull que el meu pare pateixi cap represàlia.

El noi va apujar el to de la veu:

—Represàlia? Creus que a ell també el faran desaparèixer perquè té una filla que vol descobrir la veritat? —ironitzà.

La Duna va obrir molt els ulls. L'Edgar es va extraviar un instant en els iris verds d'ella, fins que la noia li tapà amb una mà la boca i li acostà els llavis a l'orella:

—Ets boig. Ens poden sentir..., no te n'adones? —Ella va mirar de reüll l'interior de l'aula, cap a la foscor.

—Qui vols que ens senti? Qui es pot interessar per un noi i una noia insignificants que encara no han acabat la Secundària?

Ella tornà a escrutar entre la foscor per assegurar-se que ningú no els sentia:

—Deixa'm en pau, Edgar. No puc venir amb vosaltres... He decidit que no vull continuar. —Es va deslliurar de la mà del noi, que li havia tornat a agafar el braç.

La Magister VII era una de les setanta institucions educatives d'Edàfia, l'estat més pròsper d'aquella part del món. Un país que havia aconseguit un benestar perdurable: aliments, educació i feina per a tothom. L'esperança de vida, per primera vegada en l'últim segle, sobrepassava el llindar dels cinquanta anys. Durant la guerra i la postguerra, gairebé una tercera part dels habitants d'Edàfia havien mort. La gana, la calor sufocant, la prolongació dels dies sense llum i les epidèmies —més que les mateixes accions bèl·liques— van provocar la gran mortaldat. La devastació encara va ser pitjor en altres estats. Feia tres dècades que havia finalitzat l'últim conflicte bèl·lic amb els estats veïns i potser aquest era el motiu principal pel qual Edàfia es considerava un dels millors llocs del món per viure.

Em dic Edgar Grim i m'he proposat escriure aquí, en aquest quadern de tapes de pell de talp, els preparatius de l'expedició. El quadern té fulls fets de paper, que és un material valuós que hauré d'estalviar, ja que només es pot fer amb extractes d'algues. Me'l va regalar la mare quan jo era petit, abans que se l'enduguessin. Jo sé que ella no va marxar: se la van endur. N'estic segur. Al pare li van fer creure que va marxar, com diuen que fan moltes dones d'Edàfia després de tenir un fill.

La mare em va ensenyar a escriure i a llegir abans que jo comencés els cicles d'instrucció. Cada nit s'asseia al meu llit, obria un llibre gruixut i llegia. Recordo com m'agradava escoltar la seva veu mentre llegia.

Tot va començar fa dues setmanes en un passadís fosc d'Edàfia, prop del districte on les antigues barrinadores foradaven la terra. És un dels indrets més marginals del país, un districte que havia estat devastat a l'última guerra. El pare em va enviar a passar uns dies de vacances al forat del seu germà, l'oncle Matt. L'oncle em va dir que m'instal·lés a la cambra més profunda del seu forat. Em va explicar que feia anys que no hi dormia ningú, allà, i em va confessar que el meu pare, el seu germà, havia ocupat aquella cambra quan tenia la meva edat. Saber-ho va fer que em mirés amb ulls diferents aquella cel·la estreta.

El llit on havia dormit el pare era còmode, però l'estança tenia un sistema d'il·luminació antic i una ventilació que amb prou feines feia baixar la temperatura per sota dels quaranta graus. Hi havia racons coberts de floridures i feia una olor desagradable.

Em resultava estrany que el pare no m'hagués parlat mai d'aquest lloc, però el cert és que ell i jo parlem poc.

L'última nit que vaig passar al forat de l'oncle Matt no vaig poder dormir. Havia decidit sortir a fer un tomb pels passadissos que desembocaven als túnels on hi havia les barrinadores, allà on havien treballat l'avi i el pare del meu avi. La major part de les màquines havien estat abandonades quan van ser substituïdes per tuneladores amb puntes de diamant. Dels passadissos sorgien fumaroles quan menys t'ho esperaves. Era perillós perquè si no senties la xiuladissa que feia el vapor quan ascendia l'aire et podia escaldar.

Va ser en un dels conductes de ventilació dels túnels abandonats on vaig veure la rata. Només les havia vistes en reportatges, a la Magister VII. No sabia que eren animals tan grossos. Vaig avançar amb sigil per veure-la millor, però l'animal va advertir la meva presència i va fugir. En aquell moment vaig saber allò que mai no ens havien explicat sobre les rates: que eren extremadament tímides.

L'animal havia fugit per un passadís estret, al final del qual vaig distingir una claror verdosa. Era una llum d'una puresa rara, que no havia vist mai abans. Vaig acostar-m'hi, ben ajupit, protegint-me el cap amb les mans. Volia saber què era aquella llum.

2

Convèncer la Duna

L'Edgar corria pels túnels mal il·luminats del suburbi IV. Quedava poc temps perquè comencés la foscor i havia de trobar l'Elna. Només ella podia fer canviar d'opinió la Duna.

De camí, amb el cor desbocat, va passar pel forat on vivia l'Izan. Va decidir que tornaria a buscar-lo més tard; era més urgent parlar amb l'Elna. Va deixar enrere la granja de talps del suburbi, una zona del districte que desprenia una olor desagradable que impregnava tots els racons dels passadissos. L'Edgar va arrufar el nas i va continuar corrent.

Va arribar a la porta de l'edifici on vivia la noia i va repenjar el pes del cos a la paret de roca polida de la façana. Així, amb l'esquena contra la paret, va percebre la tremolor del tub, el ferrocarril urbà que transitava a pocs metres per sobre d'on era, encaixat a les roques. Un minut després, el cor del noi tornava a bategar amb normalitat. Va doblegar el coll de la parca, es va pentinar els cabells amb els dits, es va acostar a la porta hexagonal i va prémer la tecla amb un 3 del forat de l'intervisor que comunicava directament amb l'habitacle on vivia la noia.

Gairebé immediatament va sorgir una veu enrogallada, d'home:

—Qui ets?

—Bona penombra, soc l'Edgar Grim. —El noi, encarat a l'intervisor, va exhibir el seu millor somriure.— Hi és l'Elna, al forat?

L'Edgar va sentir la respiració feixuga de l'home i va percebre la veu de l'Elna, llunyana: «Qui és, papa?»

Un minut després la noia obria l'accés hexagonal de l'edifici i es plantava davant l'Edgar amb les mans als malucs. Era menuda i fràgil, però tenia el cos d'una dona. Imposava.

—Et vaig dir que per res del món vinguessis aquí —el renyà—. El meu pare no havia de saber que existeixes!

El noi va moure els ulls d'una manera eloqüent d'esquerra a dreta i va inclinar el cap assenyalant el passadís. Van caminar junts, en silenci, fins que van arribar a una cruïlla. Allà van trobar un racó on el sostre es tornava més baix i retallava una concavitat a la roca. Hi havia un petit banc i la llum no era gaire intensa. No van veure ningú pels voltants. Hi van seure.

—Què passa? —va voler saber ella amb un posat d'impaciència.

—Has parlat amb la Duna? —La noia va negar amb el cap i va arrugar el nas. El noi prosseguí:— És molt important que m'ajudis, Elna. L'expedició està en perill.

—Ens han descobert? —Ella va obrir molt els ulls, va tancar els punys i instintivament va mirar cap al sostre i les parets.

—No... gairebé és pitjor: la Duna vol abandonar. —Va abaixar el cap perquè la noia no li veiés l'expressió.

—Què vols dir...? T'ha dit per què?

—Té por. —L'Edgar va aclucar els ulls i sacsejà el cap.— Creu que si ens descobreixen prendran represàlies contra el seu pare.

—Represàlies? —Ella el va mirar sense comprendre.— Si ho fem tot com ho hem planejat, ningú no ens descobrirà.

—Això mateix li he intentat fer entendre, però...

L'Edgar es va fixar en els iris rosats de la noia, la pallidesa de la pell i els cabells platejats. Sovint se sentia incòmode quan es trobava a poca distància d'una persona albina, però amb l'Elna la sensació era diferent. Els ulls d'ella i la seva pal·lidesa li transmetien una seguretat i una força inexplicables.

—Si ho fem tot bé no ens poden descobrir, però no em veig capaç de fer-la canviar d'opinió. M'hi has d'ajudar! —va insistir ell.

—On és ara, la Duna?

L'Edgar va encongir les espatlles.

—Al seu forat, suposo. Segurament deu estar acabant la feina per apujar nota, tal com ens va proposar el professor Brigs.

—El vostre Brigs, apujar una nota? Vaaa, no m'ho puc creure.

El noi va sacsejar el cap amb impaciència:

—Ens queda poc temps, el Dia del Talp és d'aquí a cinc dies i no tindrem cap altra oportunitat com aquesta.

La noia va abaixar la mirada. Aviat començaria la foscor que donava pas a la nit, però la temperatura es mantenia estable: els disset graus gairebé constants de les zones més habitades d'Edàfia. Quan va alçar els ulls, la seva mirada rosada trobà els ulls blaus de l'Edgar, que la fitaven, expectants.

—Mitja hora abans que comenci la foscor intentaré parlar amb ella. No podem fer servir cap missatge intern ni cap intercomunicador, és massa arriscat. —La noia va apartar amb la mà un floc de cabells blancs que li queia per la cara.

—L'has de convèncer. Només tu ho pots fer.

—Aniré fins al seu forat i parlaré amb ella. Hauràs de venir amb mi, per si jo sola no ho aconsegueixo.

Els llavis d'ell van dibuixar un somriure que va desaparèixer de seguida:

—Sense la Duna no podem anar enlloc. —L'Edgar va posar una mà sobre l'espatlla de l'Elna i va percebre la força del cos menut de la noia.— El que ens proposem fer és molt important i tots som necessaris. Sobretot ella.

Van quedar que la passaria a buscar mitja hora abans que comencés la foscor, i que anirien fins on desembocava un dels canons laterals de ventilació de la Magister VII; allà ningú no els veuria. Es van abraçar i, durant els instants en què els seus cossos van estar units, els iris rosats de l'Elna van virar cap a un roig resplendent.

L'educació i la recerca eren els puntals d'Edàfia, un estat amb poc més d'un milió d'habitants. La instrucció era obligatòria per a tots els infants a partir dels set anys i s'allargava fins als disset, edat a partir de la qual havien de decidir si continuar amb una formació superior o bé integrar-se en algun dels sistemes productius del país. L'Estat se sostenia sobre sis pilars bàsics en els quals treballava la major part de la població: els sistemes de defensa i vigilància; la recaptació dels tributs; la conducció i la distribució d'energia, aire i aigua; la conservació de la salut, i la producció d'aliments. El vuitanta per

cent de la població treballava en algun d'aquests sectors, el vint per cent restant s'ocupava de la producció i el comerç de béns de consum, dels serveis relacionats amb l'oci, la justícia i la instrucció. La recerca, l'educació i la producció artística la realitzaven persones seleccionades, que gaudien d'una bona posició social. La política i la religió eren camps també restringits a una elit de la ciutadania, i eren exercides per funcionaris. Així havia estat gairebé durant els quatre-cents anys de la història coneguda del món.

Avançava a quatre grapes pel passadís. Les rates corrien esporuguides tan bon punt sentien la meva presència. L'estranya llum de tonalitat verdosa em guiava a cada trencant i la seva intensitat creixia a mesura que avançava. Després de reptar durant molta estona, el passadís es va eixamplar i vaig començar a avançar ajupit. Aviat vaig poder caminar dret per un túnel que s'anava fent més ample. Hi havia solcs a la roca, cicatrius profundes que havien deixat les antigues barrinadores. La llum era cada vegada més intensa i feia brillar els minerals incrustats a les parets i el sostre. Vaig continuar caminant fins que vaig arribar al lloc on naixia el raig verd, allà vaig poder comptar més d'una dotzena de rates que van fugir en advertir la meva presència.

Per fi vaig poder descobrir què causava la llum. Sorgia d'una estructura cúbica, d'arestes brillants. Era com una caixa perfecta amb cares quadrades i metàl·liques, d'una altura que m'arribava als genolls. M'hi vaig acostar i, quan vaig apropar-hi les mans, la llum que emetia va començar a minvar, i va canviar cap a tonalitats vermelloses, de manera que ja no m'encegava. Vaig poder veure sobre meu la roca viva, i les rates, expectants, que treien els caparrons pels orificis de les parets i ensumaven l'aire.

Dues setmanes després, escric això al quadern de tapes de pell de talp. Aprofito quan estic sol, com ara, que el pare encara no ha arribat al forat. Ho faig, sobretot, per deixar escrita la descoberta del cub lluminós.

A partir d'ara li diré Rubik. He decidit anomenar-lo així perquè, encara que té les arestes tan llargues com el meu avantbraç, em recorda un cub petit que el pare sempre duia a la butxaca. D'això fa molt de temps, però encara recordo que era un objecte que cabia en una mà i que tenia desenes de petits cubs de colors que es podien capgirar i moure fins que cada cara quedava d'un sol color. Sis cares, sis colors. El pare li deia Rubik, a aquella estranya joguina, i no sé on deu parar, perquè fa anys que no la veig.

M'ha costat uns quants dies dur el cub metàl·lic fins aquí. M'hi ha ajudat l'Izan. Entre els dos vam construir una caixa gran per ficar-l'hi. El vam dur pels passadissos estrets i amb un carretó, ben amagat amb mantes, el vam transportar des del districte on viu l'oncle Matt fins aquí. No vull que el pare el vegi. Ningú, llevat de l'Izan, no sap que el tinc a la meva cambra. D'aquí a una estona vindran els millors amics que tinc i els vull ensenyar què he trobat. Els vull presentar el Rubik.

L'Izan és per a mi el germà que mai no he tingut, l'amic a qui tothom voldria explicar els seus secrets; el Lucas és el tio més legal i llest que conec; la Zoe, l'Elna i la Duna les conec des que les nostres mares van desaparèixer, gairebé en pocs dies de diferència. Conec bé els meus amics i sé que puc confiar-los el secret, per això els he fet venir avui al meu forat.

3

Al canó de ventilació

L'Izan Kelvin vivia amb el seu pare en un edifici de la barriada vella del suburbi, en un forat set pisos per sota del nivell base. L'Edgar i l'Izan tenien un codi de comunicació que no podia ser detectat per la vigilància estatal. Utilitzaven els antics sistemes de comunicació, que després de l'última guerra havien quedat completament anul·lats per emetre i rebre informació, sobretot sons i imatges, però que encara transmetien un senyal mecànic quan algú intentava comunicar-s'hi. Els dos amics duien sempre una petita esfera a tocar de la pell —l'Edgar la duia en una cadeneta al voltant del coll i l'Izan, al canell— que els permetia emetre i rebre el senyal, així sabien quan es buscaven l'un a l'altre.

L'Izan va notar al canell tres vibracions consecutives de la petita esfera. L'Edgar el buscava i ho feia en el codi de màxima urgència. Havia de ser alguna cosa important. Va dir al pare que havia de sortir, sense donar-li opció de fer cap pregunta: quan va pronunciar l'última paraula ja tenia un peu fora del forat. L'elevador el va dur fins a la planta alta, on l'esperava el seu amic.

Mentre caminaven pel passadís que duia a la Magister VII, l'Edgar el va posar al corrent de la situació.

—Necessitem la Duna. —L'Edgar es va allisar la cabellera pèl-roja amb les dues mans.— Només ella és capaç d'entendre el Rubik i saber què ens vol dir.

—L'Elna aconseguirà fer-la canviar d'opinió —va dir l'Izan. L'Edgar va sospirar i va accelerar el ritme amb què caminava.— La Zoe i el Lucas saben això de la Duna?

—No els n'he dit res —mentre ho explicava, l'Edgar va sacsejar el cap—, tinc por que es desanimin, ara que queda tan poc. Si tot va bé no farà falta que els ho expliquem, així mai no arribaran a pensar que ella ens podria haver abandonat.

El crepuscle havia començat i els passadissos i els espais públics d'Edàfia s'havien començat a tenyir d'una tonalitat vermellosa que s'anava esllanguint i adquiria una coloració violàcia. D'aquí a poc, la foscor inundaria fins a l'últim racó del país. La temperatura davallaria només dos o tres graus i els sistemes de ventilació començarien a funcionar fins a renovar tot l'aire per recomençar un nou període de llum, un dia, dotze hores més tard.

Només la granja de talps del suburbi on vivia l'Izan mantenia una certa lluminositat. La matança i l'escorxament començaven a l'hora crepuscular: centenars de tones de carn fresca s'havien de processar durant la nit. Abans que comencés a despuntar la llum, havien d'estar precuinades per confeccionar els àpats que l'endemà consumiria la major part de la població d'Edàfia.

—He d'anar amb l'Elna al forat de la Duna —va dir l'Edgar.

—Hem de convèncer-la. Com sigui!

L'Edgar va moure nerviosament les mans i li acabà d'explicar el pla:

—Després anirem al canó de ventilació de la Magister VII. El del rètol verd.

—El verd? —el va interrompre l'Izan per recordar al seu amic que no era capaç de diferenciar el verd pel seu daltonisme.

—Perdona, el de l'esquerra. Espera'ns allà. Fes-me un toc amb el codi secret si adverteixes alguna cosa estranya. —L'Edgar va palpar amb un dit la petita esfera que li penjava del coll.

L'Edgar va desviar-se per un dels trencants que duien al forat on vivia l'Elna. En un dels passadissos va trobar-se amb una patrulla formada per dos vigilants i un gos, un animal de pèl negre, musculós. Ell no va aturar-se, però va sentir el bleix del gos mentre l'ensumava.

—Ja hauries de ser al teu forat, noi, aviat començarà la ventilació —el va advertir l'home que duia el gos.

—Ara mateix hi vaig, senyor... —digué ell, accelerant el pas.

Va sentir la remor dels ventiladors, que s'havien engegat als passadissos. Abans d'arribar a la porta hexagonal de l'edifici on vivia la Duna va veure la silueta de l'Elna. La llum havia adquirit tonalitats iridescents. Quan va ser-hi a prop s'adonà de la presència del seu gos hidroponès, un animal petit, d'ulls minúsculs i orelles desproporcionadament grosses. Era l'única raça de gossos que no menjava carn que podia trobar-se a Edàfia.

—Has pogut comunicar-te amb la Duna? —preguntà l'Edgar a la noia.

—T'has tornat boig? Vols que ens interceptin?

Ell va tornar a tocar instintivament la petita esfera que duia al coll, que feia una estona havia fet servir per comunicar-se d'una manera rudimentària, però efectiva i indetectable, amb l'Izan.

—Ja saps que ella i jo quedem un cop a la setmana, mitja horeta abans que comenci la foscor. Jo amb el meu Ursus —va apuntar amb un dit l'animal— i ella amb el seu Draco. Xerrem i fem que els gossos facin una mica d'exercici fins que comença la ventilació. Avui, justament, tocava veure'ns.

L'Elna va fer un gest perquè s'amagués en una de les concavitats del passadís, uns metres més enllà de l'edifici —no volia que la Duna el veiés—. Faltava mitja hora perquè comencés la foscor i la Duna estava a punt de sortir. Un minut després, la noia va aparèixer amb el Draco, que saltironava rere d'ella. L'Edgar no havia vist mai el gos de la Duna. Tenia el pèl blanc, les orelles triangulars i el musell llarg. Era un gos àgil i alhora robust, el típic caçador de talps, d'una corpulència que sobrepassava, amb escreix, la de l'Ursus.

Quan la Duna va advertir la presència de l'Edgar, es va girar cap a l'Elna, amb un interrogant als ulls.

—No t'amoïnis, només ens acompanyarà fins a la Magister VII. —L'Elna somrigué enigmàticament.— Jo només soc aquí per escoltar-te, que és el que l'Edgar m'ha demanat que faci —va dir la noia.

La Duna va clavar una mirada de desdeny al noi. Elles dues van continuar caminant, ignorant-lo, mentre conversaven. Ell, que les seguia a pocs metres, va intentar acariciar el Draco, però el gos caçador va moure el cap amb agilitat i va evitar la mà del noi.

Quan van arribar al canó de ventilació de la Magister VII, faltaven menys de vint minuts perquè comencés la negror de la nit i els canons de ventilació funcionessin a màxim rendiment. Tenien poc temps. L'Edgar va veure l'Izan, que vigilava amagat a l'interior del canó. Va sentir el tremolor del tub, el trenbus que circulava a vint metres per sobre seu. Devia ser l'últim comboi. D'aquí a poc, els espais públics s'enfosquirien i haurien de marxar d'aquesta zona, on els corrents d'aire superarien els cent quilòmetres per hora.

Les dues noies parlaven animadament. La Duna obria i tancava les mans cada vegada que parlava; l'Elna assentia amb el cap i, quan ho feia, la seva cabellera blanca oscil·lava amb gràcia. Era un diàleg de gestos i mirades que els dos nois seguien des de lluny amb neguit; sabien que tot depenia de l'Elna Muns, de si seria capaç de convèncer la Duna Barts.

Les noies havien deixat de xerrar i eren l'una al costat de l'altra. Es van girar i es van quedar mirant els nois. L'Izan va clavar un copet de colze al seu amic i tots dos se'ls van acostar. Els ulls rosats de l'Elna guspirejaven i allò només podien ser bones notícies. L'esguard de la Duna era seriós; va mirar-los durant un instant, va inspirar per agafar aire i va dir:

—Vindré, però amb dues condicions. —Va fer un dos amb els dits d'una mà.— La primera és que si en set dies no hem aconseguit arribar-hi, vull que m'ajudeu a tornar. M'ho heu de prometre. No vull deixar sol el pare.

—Set dies? —L'Edgar va fitar els ulls de la noia.

—Set, ni un de més —repetí ella. El noi va assentir amb el cap.

—I la segona?

La Duna va agafar aire de nou i va deixar caure, lentament, les paraules:

—El Draco ve amb mi.

—Aquest? —va dir l'Izan, alçant una cella i assenyalant amb un dit el gos blanc.

La noia, amb un posat molt seriós, va assentir amb el cap.

—És un gos talper, un bon rastrejador i ens pot resultar molt més útil del que penseu.

L'Edgar va moure el cap de banda a banda i va plegar els braços sobre el pit per donar més èmfasi al gest negatiu.

—Sense el Draco no vinc —va amenaçar ella.

La foscor havia envaït el lloc i van haver d'obrir les llanternes que duien al cinturó. Els dos nois es van mirar durant un instant i van cridar l'Elna per discutir-ho.

Quan van acabar de parlamentar, l'Edgar va dir a la Duna:

—D'acord amb la primera condició..., però si al cap de set dies hem arribat a un lloc estratègic, hauràs de continuar. —El noi va alçar un dit, tot sorprès d'haver utilitzat el terme «estratègic».— Pel que fa al gos, tu en seràs responsable: si en algun moment entorpeix la missió, l'haurem d'abandonar.

Ella va acostar una mà al musell de l'animal i aquest li llepà els dits. Va xiuxiuejar algunes paraules inaudibles i va fer que sí amb el cap.

L'Elna va somriure i va abraçar la Duna, que acariciava les orelles del Draco.

—Abans d'anar-nos-en vull que veieu això —digué la Duna ficant una mà dins la parca de cuiro i traient el dispositiu que feien servir per treballar els estudiants de la Magister VII.

Els dos nois i l'Elna van acostar-se a la Duna per veure què els volia ensenyar. Van fixar la mirada a la tauleta tàctil il·luminada.

—Fa una hora que he enviat la feina al professor Brigs.

—No tenia cap dubte que ho faries —va somriure l'Edgar—. Ja tens un punt més..., ets incorregible.

La Duna ignorà el comentari i es dirigí a l'Elna, com si ells no existissin.

—El professor Brigs m'ha respost deu minuts després. —Va engrandir els caràcters de la pantalla perquè els altres poguessin veure millor el que ella volia que llegissin.

«Vine demà a l'hora de l'esbarjo al departament de Tecnociència. T'ensenyaré com pots aprofundir en el llenguatge antic que tant t'agrada.»

—«Llenguatge antic que tant t'agrada»? —va arrufar el nas l'Edgar.

—El Brigs sap que vaig fer un bon treball de CR.

—CR?

—Codi robòtic.

L'Izan va tancar els ulls i es va posar les mans al cap:

—Ens han descobert! —va exclamar l'Edgar—. Saben que tenim el robot!

—No necessàriament —negà la Duna amb el cap—. Demà ho sabrem.

El vent era cada vegada més intens. L'Elna va agafar el petit Ursus, el va alçar i el va prémer contra el pit perquè no se l'endugués la ventada. Tots quatre van reprendre el camí de tornada cap als seus forats. Al cap d'uns minuts la ventilació seria tan intensa que ho arrossegaria tot i seria massa perillós deambular pels espais oberts.

Feia anys que s'havia acabat la guerra, i l'estricta vigilància a la qual havien estat sotmesos els ciutadans d'Edàfia s'havia relaxat amb la proclamació de la nova República, anys després d'acabar la confrontació bèl·lica. No obstant això, la Intel·ligència de l'Estat es reservava el dret de fer el seguiment i la vigilància dels ciutadans que cregués oportú. El procediment era estrictament secret, estava coordinat per alts càrrecs del Ministeri de Seguretat i supervisat directament per la presidència. Altres estats, com ara Hidropònia o Talpònia, tenien lleis que permetien la vigilància permanent dels ciutadans; lleis que asseguraven que estaven fetes per preservar la llibertat i la democràcia.

L'Eva Edenson, presidenta d'Edàfia, presumia de dirigir un estat on els ciutadans gaudien de plenes llibertats individuals. Ella i uns quants alts càrrecs del Ministeri de Seguretat, però, sabien que la realitat era molt diferent, sabien que la imatge idíl·lica d'Edàfia que es projectava a la resta del món era pura propaganda.

Tot sovint penso que quan estem els sis junts som com una paleta de colors. La Zoe i jo som els que més ens assemblem: tots dos som pèl-rojos i tenim els ulls blavosos, com la major part de les persones d'Edàfia. La Duna i l'Izan, en canvi, no són pèl-rojos; ella té els cabells negres i l'Izan, castanys, i ambdós tenen els ulls verds, uns trets que són poc comuns; l'Elna, en canvi, és albina, com el professor Brigs i una quarta part dels pobladors d'Edàfia.

Aquest vespre vindran els meus amics al forat. No me'n sé avenir com el pare ha pogut empassar-se que hàgim quedat per acabar un treball. Espero que no els pregunti res del treball, ni què fem a l'escola, perquè només la Duna i jo anem a la Magister VII.

He amagat el Rubik en el lloc més recòndit de l'armari, dins la caixa que vam construir l'Izan i jo, coberta de roba vella. De tant en tant sento com vibra i, per sort, des que el tinc al forat, no emet llum. Si ho fes, em resultaria gairebé impossible ocultar-lo al pare.

Falta una hora perquè arribin al forat. He quedat amb la Duna perquè ella ho ha de veure abans que els altres. Vaig descobrir que en una de les cares del Rubik, sota una petita tapa corredissa de metall, hi havia un petit teclat i una pantalla amb un codi que desconec. Ella és l'única de nosaltres que ha estudiat codis de màquines. La recerca que va haver de fer el curs passat va ser justament sobre això, s'ha convertit gairebé en una experta i l'Izan i jo estem convençuts que podrà entendre algun dels secrets que amaga el Rubik. Ell i jo estem segurs que és un robot, aquells antics artefactes que es van haver de destruir després de la guerra.

Acabo de sentir que han trucat a l'accés de la planta alta.

El pare em diu que és ella, i que li acaba d'obrir la porta perquè agafi el descensor que du al nostre forat. Deixo d'escriure, no vull que la Duna vegi el meu quadern. Continuaré escrivint quan tots hagin marxat.

No sé per on començar a explicar el que ha passat a la meva cambra.

La Duna ha arribat la primera i no m'he pogut aguantar fins que vinguessin els altres. Li he explicat la troballa que vaig fer als túnels de les antigues barrinadores. L'ha volgut veure i quan, entre els dos, l'hem tret de la caixa, ha tocat alguna cosa que ha desplaçat una cara del Rubik on s'amagava el teclat amb els dígits per escriure en codi robòtic; de poc més no es posa a saltar d'alegria.

El més fort ha estat quan ella ha traduït les instruccions que el Rubik mostrava a la pantalla. És un robot amb geoloca-

lització, un artefacte que ha estat enviat des d'un lloc llunyà i que du instruccions per guiar-nos fins al lloc d'on ve. Ella ens ha assegurat que ens podem comunicar amb ell i amb qui el dirigeix, però que necessita temps per entendre el codi.

Quan ha arribat l'Izan i li hem explicat què havíem trobat crec que s'ha espantat. Després han arribat l'Elna, la Zoe i el Lucas. Han al·lucinat amb el Rubik. Llavors ha passat una cosa increïble. El cub ha començat a brillar d'una manera intermitent i ha emès una llum que ens ha encegat a tots. I tot d'un plegat s'ha anat apagant i només ha deixat un feix de claror que s'ha projectat a la paret de la meva cambra. Llavors, hem vist les imatges. Em costa molt descriure-les, perquè semblen d'un altre món: colors, llums i objectes que mai no havíem vist, i també homes, dones i criatures amb una roba molt diferent de la que portem nosaltres. Caminaven sota un sostre blau, altíssim, interromput de vegades per taques blanquinoses i difuses que es movien per dalt, com el fum. També hi havia extensions verdes i les poques roques que apareixien eren grises i polides, d'arestes rectes. Ens ha semblat veure els forats on vivia aquella gent, però en lloc d'anar cap a baix anaven cap a dalt, cap al sostre blau.

Quan la projecció s'ha acabat, la Duna ha provat de teclejar una ordre per fer que el Rubik tornés a repetir-ho. No ho ha aconseguit. En canvi, ha projectat un mapa que lentament s'ha anat convertint en un plànol detallat on es traçava un camí per tot un laberint de passadissos, un trajecte que crec que traspassa la frontera d'Edàfia per camins desconeguts.

4

Brigs menteix

La Duna Barts va faltar a la classe de després de l'esbarjo. L'Edgar només feia que mirar el seient buit de la noia i cada minut que passava estava més neguitós. A la segona i a la tercera classe, tampoc no va aparèixer. L'última sessió era de condicionament físic i la professora havia muntat una cursa d'orientació per diferents espais de la Magister VII. L'Edgar va aprofitar l'ocasió per fer veure que es perdia pel circuit i anar fins al departament de Tecnociència, on creia que trobaria la noia amb Brigs. Quan hi va arribar, però, només hi havia dos professors que el van interrogar amb la mirada.

En acabar el període d'instrucció, va sortir del centre educatiu. Caminava neguitós —mirant a banda i banda—, pensant que els havien descobert i que a la Duna, probablement, l'estaven interrogant en alguna dependència del Ministeri de Seguretat. Va enfilar el passadís de sortida del centre educatiu que duia cap al suburbi on vivia. Quan va passar prop d'un dels canons de ventilació va sentir el seu nom dues vegades: «Edgar, Edgar!». El cor li va fer un bot: era la veu de la noia, però no sabia d'on venia. Es va aturar i va mirar cap a totes bandes. Va sentir de nou el seu nom: la Duna el cridava des de sota, des dels seus peus. El noi es va ajupir, va veure uns forats de ventilació i va simular que es cordava una sabata.

—On ets?

—Just sota teu, en un passadís paral·lel —digué ella amb una veu gairebé inaudible que sortia dels forats—. Ves fins al proper trencant i gira a mà esquerra pel passadís que du on hi ha els contenidors de deixalles.

L'Edgar es va alçar i va caminar fins on començava un túnel estret i fosc que desembocava a la petita deixalleria de la Magister VII. Va endinsar-s'hi, sense saber on anava. Feia una pudor espantosa i els seus ulls van transitar per tots els racons, buscant la Duna fins que, tot d'un plegat, va veure-la ajupida entre dos contenidors de residus, molt a prop d'on era ell, fent-li gestos amb les mans perquè se li acostés. Es va posar a la gatzoneta, al costat d'ella. Tenia ganes d'abraçar-la, però només li va posar una mà sobre l'espatlla.

—T'he estat buscant tot el dia. M'has fet patir. —La cara d'ell, involuntàriament, va esbossar un gest d'alleujament.— On eres?

Els ulls verds d'ella van brillar:

—Amb el professor Brigs. Hem estat gairebé tota l'estona aquí. —Va moure una mà cap a la paret fosca de l'edifici i es va pinçar el nas amb dos dits.— Érem a la deixalleria. A l'hora de sortida he corregut pel túnel cap als forats de ventilació.

El noi escoltava expectant. Es moria de ganes de torpedinar-la a preguntes, però sabia que a la Duna li agradava explicar les coses al seu ritme.

—El Brigs m'ha ensenyat les bases de l'escriptura del codi robòtic antic i he après les quatre regles bàsiques per encriptar-lo. —Estava entusiasmada.

—Encriptar-lo?

—Fer-lo indesxifrable a algú que el vulgui conèixer.

—El Brigs sap que tenim un robot?

—No m'ho ha preguntat... i jo tampoc li he parlat del Rubik. —La noia va separar les mans.— Però sense dirho, entre ell i jo hi havia l'entesa que els codis serveixen per comunicar-nos amb un robot.

—Ho sap!

Ella va assentir amb el cap:

—Per què tot això del codi robòtic? Per què tant secretisme? —Ella va encongir les espatlles.— Estic segura que el professor sap alguna cosa del nostre robot.

La paraula «nostre» va fer que el cor de l'Edgar fes un petit bot.

—Com ho pot saber?

—Ni idea, però és com si ho sabés... —Ella es va gratar el cap.

—Com m'has pogut veure, quan sortia de classe?

—Hi ha un corredor estret que comunica la Magister VII amb un passadís que passa just per sota d'on venies. —La noia va ajuntar les mans i tot seguit les separà.— Desemboca als dos canons principals de ventilació i des d'allà t'he vist quan sorties i t'he anat seguint.

—On és, ara, el professor?

—Ha marxat. Ell també s'ha saltat totes les classes que tenia avui. —La Duna va somriure.— A l'hora de l'esbarjo, quan ens hem trobat al departament, ha dit al director que no es trobava bé, que se n'anava al seu forat, però hem vingut directament aquí.

—M'estàs dient que l'Enzo Brigs ha mentit al director de la Magister VII? —El noi va empetitir els ulls.

—Sí... i no m'ha semblat que li sabés gens de greu —va somriure ella.

—Hem d'anar ara mateix al meu forat i començar a comunicar-nos amb el Rubik, hem de fer servir aquest codi que t'ha ensenyat el professor! —va dir ell, sense poder contenir l'entusiasme.

—Demà —va dir ella movent el cap de banda a banda i posant-se un dit al front—. Ara necessito calmar-me. Vull acabar d'entendre tot el que el professor m'ha explicat. Necessito temps per pensar les primeres rengleres de codi que vull introduir al teclat del Rubik. No és tan fàcil com sembla. Sortim d'aquí, que no aguanto més aquesta pudor!

De camí cap als seus forats, gairebé no van parlar. Van passar davant una imatge enorme feta d'or massís de la Santa Pala que hi havia en una de les cruïlles més transitades, i van abaixar el cap amb un gest mecànic. El Ministeri de Seguretat tenia dispositius amagats en llocs estratègics que enregistraven imatges en diversos túnels i passadissos, sobretot prop de les estàtues d'or de la Pala sagrada.

Havent dinat, mentre es prenia una infusió d'herbes hidropòniques al Palau Presidencial, l'Eva Edenson va percebre la vibració intermitent al canell. Va mirar dissimuladament l'aparell i va veure refulgir les lletres vermelles d'un missatge. El va llegir en un instant, el va tancar amb un gest suau de l'avantbraç i va fitar els ulls de l'home que seia davant d'ella. No calien explicacions. L'havien convocada a una reunió de màxima prioritat al despatx de presidència: tenia quinze minuts per arribar-hi. Des que havia estat escollida presidenta de la República d'Edàfia, el codi vermell només s'havia encès en dues ocasions. La primera, com a simulacre; la segona, quan es va detectar una incursió a la frontera per part d'un escamot talponès que tenia la intenció d'atemptar contra una central geotèrmica situada al límit dels dos Estats, que al final va resultar una falsa alarma. Aquesta era la tercera vegada, i no es tractava de cap simulacre: l'avís venia directament del Ministeri de Seguretat, sense indicar quin era l'assumpte.

L'Eva Edenson va inclinar el cap fins que els llavis van entrar en contacte amb els del Boris Gaunar. Va ser un petó breu, però intens.

—Me n'he d'anar —va dir, amb preocupació, mentre amb una mà es tocava el canell de l'altra, just on acaba de llegir l'avís.

L'home va somriure lleument, volia transmetre-li la confiança que tenia dipositada en ella. Gaunar era un psicòleg especialitzat en el control de les emocions. Com a emopsicòleg sabia que ella estava sotmesa a una gran pressió. Les últimes setmanes —amb l'aprovació de les lleis sobre les noves restriccions demogràfiques— havien estat molt dures; havia rebut forts atacs del partit de l'oposició. L'avís en codi vermell no era precisament res que l'ajudés a relaxar-se. Al Boris li resultava difícil conviure amb la persona amb més poder d'Edàfia, de vegades no sabia si havia d'actuar com a parella o com a emopsicòleg, o com les dues coses alhora.

—No t'amoïnis pel Brandon. —La veu de l'home era serena, mesurada; sabia com era d'important per a ella gaudir de les poques hores setmanals que tenia reservades per estar amb el seu fill.— M'encantarà estar amb ell i substituir-te —la va tranquil·litzar.

Ella va assentir amb el cap, però va tancar els ulls perquè l'home no detectés el seu malestar. Li sabia greu que la feina l'absorbís fins al punt de no poder dedicar-se prou al Brandon. Quan va assumir la responsabilitat de la presidència havia decidit sotmetre's a un tractament esterilitzador. No podia arriscar-se a un embaràs, per més que ho desitgés, era una qüestió d'Estat, i tampoc no podia trair els seus votants; ho havia fet servir durant la campanya electoral per demostrar el sacrifici que estava disposada a fer. I havia complert la promesa: no engendraria cap fill.

El Boris tenia deu anys més que l'Eva; sobrepassava la quarantena. S'havien conegut molts anys enrere, quan ella era molt jove i formava part de la cohort d'adolescents amb altes capacitats de lideratge, joves excepcionals que havien de ser instruïts per governar. Els nois i les noies seleccionats eren apartats dels centres d'instrucció ordinaris i se'ls impartia un programa educatiu especial que anava dirigit a desenvolupar talents relacionats amb la gestió i el lideratge. A l'Eva Edenson li van assignar un jove tutor, un psicòleg especialitzat en empatia i control emocional, el doctor Boris Gaunar. Després d'unes setmanes es van enamorar i quan ella va acabar de graduar-se en Ciències de la Política van decidir viure junts i formalitzar la relació en un contracte d'unió.

Tenir com a parella un psicòleg emocional era un valor afegit que ella també va saber aprofitar durant la campanya electoral.

Va posar la seva carrera política per sobre de la família. Va decidir no engendrar cap fill i eliminar la possibilitat de desaparèixer, com succeïa amb les dones edafenques després de tenir el primer descendent. Ella i el Boris van adoptar un preciós nen il·legítim d'ulls verds i cabells foscos, que contrastava amb els ulls clars i els cabells rossos d'ella. El Brandon era el segon fill d'una dona que havia eludit la desaparició, d'una parella que havia intentat ocultar-lo. Aquestes criatures il·legals tan bon punt eren detectades per l'Església de la Santa Pala eren apartades dels pares biològics i donades en adopció a familiars sense fills o parelles anònimes que desitjaven ser pares i educar una criatura. Les proves d'idoneïtat eren exhaustives, però no tothom tenia les mateixes oportunitats. Les dones esterilitzades, com la presidenta Edenson, o altres funcionàries estatals d'alt rang que s'havien sotmès a esterilització contractual, eren —per llei— les candidates que ocupaven els primers llocs de la llista d'adopció.

No em puc treure del cap aquelles imatges que el Rubik ens va mostrar. Les va projectar aquí, a la paret blanca que tinc davant. I d'això només fa uns quants dies: la cúpula blava esquitxada amb taques de fum blanc, les persones que semblaven d'un altre món, i el més revelador: les imatges dels plànols de passadissos i túnels secrets. La Zoe els havia fotografiat mentre el Rubik els projectava i els he pogut tornar a veure. Vaig decidir copiar-los, gairebé els vaig memoritzar, i ara sabria trobar-los sense cap mapa. L'Izan també els coneix bé i en va fer dibuixos, uns dibuixos que ningú ha de veure i que tenim amagats al lloc més recòndit dels nostres forats.

M'està venint al cap una idea boja, una idea que vull compartir, sobretot amb la Duna, però també amb tots els companys. Crec que el Rubik ens indica un camí. No sé si va ser casualitat que jo el trobés... I si va ser ell, el robot, qui em va venir a buscar? Hi penso, però no arribo a cap conclusió, però tinc el convenciment que hi ha d'haver alguna intenció, en tot això, que no pot ser casualitat.

Ara fa una setmana, vam quedar amb la Zoe i l'Izan en acabar les classes per anar al lloc on començava el traçat del mapa. En dúiem còpies per assegurar-nos-en. La Zoe havia esborrat les fotografies del dispositiu, perquè cap rastrejador d'imatges no pogués trobar-les. Al mateix punt on començava l'itinerari, hi havia unes tanques que precintaven una galeria; barraven el pas com si estiguessin fent obres en algun dels túnels. Sense que ningú ens veiés, vam passar a través de les tanques. Després de caminar una estona vam trobar la primera bifurcació. El túnel de l'esquerra, el que indicava el plànol del Rubik, era completament fosc. Vam recórrer uns dos-cents metres amb les llanternes fins que vam trobar un altre desviament. Al passadís de la dreta es podia descendir per unes petites escales un desnivell d'uns cinc metres que continuava amb dos revolts pronunciats que acabaven en un replà. Era un espai circular amb el perímetre format per un banc de pedra tallada. En un punt del cercle partien tres túnels estrets: exactament com el plànol del Rubik que havia memoritzat. L'Izan va enfocar amb la llanterna el banc de pedra. Hi havia desenes, potser centenars, de noms cisellats a la roca. L'escriptura era irregular, però la major part dels noms es podien llegir. Tots eren noms femenins. Vam refer el camí, emocionats, amb la certesa que el robot ens havia mostrat un lloc que gairebé ningú no devia conèixer.

L'endemà ens vam trobar tots sis al forat de l'Izan. Vam explicar als altres el que havíem vist. A la Duna li va interessar molt saber que havíem trobat els noms escrits, però assegurava que no en teníem prou amb el plànol dels passadissos, que necessitàvem més dades per estar segurs que allò conduïa a algun lloc.

Aquell mateix vespre, ella va venir al meu forat. Havíem de tornar a explorar què amagava el cub metàl·lic. No sabíem d'on venia, ni qui l'havia fabricat, però ens fascinava saber que atresorava un secret i que ens mostrava el camí exacte per arribar-hi. Ella va obrir la petita tapa i va deixar el teclat al descobert. Llavors em va dir que, si dominés millor el codi robòtic, segurament podríem saber més coses. «Només sé el llenguatge bàsic. Si en sabés més, potser podria descobrir els secrets que amaga aquest robot», va assegurar.

M'hauria agradat deixar de parlar del codi i del robot, abraçar-la i fer-li un petó a la boca. Però no m'hi vaig atrevir. Tan valent que semblo i tan cagat que soc.

5

Edenson signa una ordre

Quan l'Edgar va arribar a la seva cambra, el primer que va fer va ser obrir l'armari i observar el Rubik. Una llum blanca, tènue, palpitava des de l'interior del cub. Hi va acostar les mans i va dubtar un instant, fins que va decidir posar els dos palmells amb els dits ben oberts sobre una de les cares: «Ja sabem com parlar amb tu», va mussitar. Lentament, el Rubik —com si l'hagués entès —va banyar la cambra amb una llum platejada. Al cap de cinc minuts la llum va virar a verd-blavosa i va anar esllanguint-se a poc a poc, com si s'hagués exhaurit l'energia del cub. L'Edgar va comprendre que el Rubik únicament havia respost a un estímul tàctil; probablement la màquina havia detectat la pressió i la calor de les mans humanes a les cares metàl·liques. No va trobar cap altra explicació a la resposta del robot.

Mentre sopaven, el pare i ell gairebé no van parlar. L'home va preguntar com li havia anat per la Magister VII; l'Edgar va contestar amb un lacònic «bé», la seva resposta habitual; el pare hi va insistir amb el seu interrogatori rutinari: «no ha passat res que sigui interessant d'explicar?», «què heu fet, avui?», «tens alguna feina que hagis d'acabar?». El silenci del noi no el va desanimar: «què és el que t'agrada més aquest curs, de tot el que feu?». «No tinc ganes de parlar d'això». Va utilitzar la resposta que feia servir sovint amb el pare i l'home aquesta vegada no va contestar amb el seu habitual «doncs de què tens ganes de parlar?». El va mirar un moment i va continuar menjant en silenci.

El pensament de l'Edgar transitava de la Duna a l'Enzo Brigs, s'aturava en el Rubik i tornava a començar el bucle repetitiu amb la noia, el professor i el robot. No tenia nocions de robòtica, no sabia gairebé res d'aquella tecnologia antiga que havia deixat d'utilitzar-se dècades enrere. Tot el que els havien ensenyat a la instrucció primària i secundària era que havien fet desaparèixer els robots pel paper que havien tingut durant l'última guerra; tothom tenia clar que els programadors militars havien traspassat totes les línies vermelles, que s'havien infringit els codis ètics fins al punt de construir robots que contradeien les lleis de la robòtica. Les cròniques antigues explicaven que els havien convertit en armes mortíferes i en prototips d'espionatge que havien causat danys irreparables. Per això, deien, hi havia hagut un acord global al món perquè tots els robots es destruïssin i se'n prohibís la fabricació.

Tots els Estats es van organitzar per destruir els robots. Fins i tot les màquines domèstiques que feien feines de la llar van ser desballestades. Les més sofisticades, les que s'havien dissenyat i programat per fer tasques d'assistència a les persones discapacitades i als ancians, també van ser destruïdes. Eren màquines complexes que els donaven conversa, els recordaven què havien de fer, els ajudaven a rentar-se, a vestir-se, a les feines de neteja del forat, a cuinar o, fins i tot, els feien companyia. De fet, al món, d'ancians gairebé no n'hi havia i els robots assistencials s'havien fet innecessaris.

L'Izan i ell havien quedat de trobar-se al vespre. Hi havia partit de catxbol —l'esport que apassionava la població edafenca— i el pare de l'Izan havia anat a l'estadi a animar l'equip local, que aquesta temporada tenia opcions de guanyar la Copa del Talp. Havien acordat que es trobarien al forat de l'Izan.

Tan bon punt l'Edgar va ser davant l'edifici on vivia l'Izan, va posar en marxa el comunicador perquè el seu amic notés la vibració al canell. Era una edificació profunda, de més de vint plantes i el forat de l'Izan era a la setena. Va ficar-se a la cabina metàl·lica del descensor.

La mare de l'Izan i la d'ell havien desaparegut gairebé el mateix dia, i aquest fet sempre li havia estranyat: per què dues dones que no es coneixien havien decidit abandonar el seu fill i la seva parella al mateix temps? L'Edgar i l'Izan mai no ho havien comentat, perquè parlar de les mares s'havia convertit en un tabú. Gairebé ningú no parlava de les dones desaparegudes. Ningú no sabia on anaven, era com si les esborressin del món, com si es morissin; però no se n'havia trobat mai cap cos. El pare de l'Izan treballava de processador d'aliments en una de les granges de talps. Sovint tenia torn de nit i això feia que, des de ben petit, el seu fill es quedés sol a casa moltes nits. L'home havia estat jugador de catxbol fins que es va fracturar la tíbia i el peroné com a conseqüència d'un placatge i mai no es va recuperar completament per tornar a jugar. Volia que el seu fill seguís les seves passes i l'havia apuntat a un equip, però tot i que en tenia condicions, el catxbol era un joc que avorria l'Izan. Cada equip estava format per vint jugadors i es competia en un terreny de joc quadrat de quaranta metres per quaranta. Jugaven amb una pilota que es podia tocar amb qualsevol part del cos. Els jugadors no podien córrer amb la pilota agafada i se l'havien de passar entre ells fins a ficar-la en un arc semicircular al camp contrari. El contacte físic no estava permès. L'Izan no sentia cap passió per aquell esport i sovint se saltava els entrenaments. En saber-ho, el seu pare entrava en còlera: no entenia com el seu fill podia renunciar al que, per a ell, havia estat un somni quan tenia la seva edat.

Com tots els homes amb un sol fill que havien vist desaparèixer la seva parella, el pare de l'Edgar tenia el dret de passar una nit a la setmana amb un devot de la Congregació del Consol. L'orde religiós estava constituït, sobretot, per dones joves esterilitzades i depenia de l'Església de la Santa Pala. Els homes que decidien renunciar al servei sexual, tenien dret a la castració química.

La cambra del noi era un cau desendreçat: sabates, roba bruta, coixins i dispositius electrònics campaven pertot arreu. L'Edgar va haver d'entrar-hi intentant no trepitjar el que hi havia escampat per terra.

—Queden només tres dies perquè comencin les celebracions del Dia del Talp. Tres períodes de llum i tres de foscor! —va exclamar l'Edgar amb els ulls fixos en aquell desori i un gest de preocupació.

—No et preocupis, ho tinc tot controlat —va assegurar l'Izan alçant els dos polzes, imitant el gest dels jugadors de catxbol quan ficaven una pilota dins l'arc.

L'Edgar va passejar la mirada pel caos de l'habitació. L'Izan se'n va adonar, es va posar un dit al front i somrigué:

—Aquí, és aquí on cal tenir-ho tot endreçat.

—Segur que sí... On tens la llista?

L'Izan va ficar una mà sota el matalàs i en va treure un tros de paper d'alga arrugat. Va fer lloc entre les coses que hi havia sobre una petita taula. Els dos nois es van inclinar cap al paper amb els colzes clavats a la taula de roca llisa.

—Menjar: cadascú haurà de portar reserves per a deu dies, però tu i l'Elna sou els encarregats de portar provisions per si la travessia s'allarga —va dir l'Izan abans de clavar un dit sobre el primer punt de la llista—. Sobretot aliments liofilitzats i píndoles energètiques.

—Diners: no ens en faran falta gaires, però vam quedar que portaríem tots els nostres estalvis. Res de pagar amb moneda electrònica: deixaríem rastre a tots els llocs on la utilitzéssim i ens localitzarien en un tres i no res. —L'Izan va fer petar els dits.

—Roba: cadascú la seva. Caldrà dur bosses impermeables per si hem de travessar algun corrent o passar prop d'un aqüífer —precisà el noi, desplaçant el dit fins al següent punt—. Aigua, per cert, no cal que en duguem, però sí que hauríem de portar cantimplores per reomplir.

—Apunta-ho —va remarcar l'Edgar—. I també dues pales plegables d'acer per si cal cavar, una tu i una jo.

—Llums. —L'Izan va moure les mans des del clatell fins a les celles.— Necessitarem frontals, els túnels potser seran tan foscos com el que tu i jo vam veure. Serà com estar permanentment en un període de foscor.

—És cert... també hem de dur píndoles de vitamina D per si hem d'estar massa temps sense llum. L'Elna crec que les pot aconseguir. Apunta-ho, també, i una farmaciola amb material de primers auxilis.

—Fet.

—Bateries —va afegir l'Edgar—. Anota també bateries d'alta autonomia i recarregables. Si ens quedem sense energia, no arribarem enlloc.

—Això ja ho tinc aquí, veus? Les duré jo. —L'Izan va posar un dit al tros de paper, al lloc on havia escrit «energia», tot seguit es va posar els punys a les temples i va somriure.— Ho tinc tot aquí.

Al palau presidencial, al despatx semicircular que hi havia disset plantes per sota del nivell base, el general Jacob Melgar i el patriarca Ivo Gorg estaven reunits amb la presidenta de la República. El militar havia forçat la reunió urgentment amb el codi d'alta prioritat, una contrasenya que des de la guerra s'havia activat només en comptades ocasions. El Ministeri de Seguretat havia detectat la presència d'un artefacte amb geolocalització, una tecnologia que feia més d'un segle que no s'utilitzava a Edàfia, ni tampoc a la resta del món. El general Melgar tenia una idea aproximada de la repercussió que podria tenir que algú el trobés i s'hi pogués comunicar. Si es tractava d'un antic robot, el risc era incalculable. La presidenta de la República va escoltar, sense interrompre, els arguments del militar. L'Ivo Gorg, el patriarca —un ancià albí que era la màxima autoritat de l'Església de la Santa Pala—, tampoc no va dir res. El sacerdot es mantenia en segon terme, amb un posat glacial.

—Així, doncs, general, quin creu que és el pas que ara hem de fer? —va preguntar la presidenta tan bon punt l'oficial va acabar la dissertació.

L'home va fer una ganyota que li va accentuar la cicatriu que li solcava la galta esquerra i li arribava fins al mentó.

—A Edàfia, des de fa dècades, vigilem de prop les persones que tenen algun coneixement sobre codi robòtic, per si es donés el cas que aparegués un dels antics robots, com ara sembla que ha passat. —Va deixar caure un puny, sobtadament, sobre la taula negra d'obsidiana.

—I? —Ella va obrir les mans amb un gest d'impaciència.

—Al centre educatiu Magister VII, hi ha un professor de Tecnociència, un tal Enzo Brigs, que és un dels pocs experts que encara coneixen el codi robòtic. Sabem que es va doctorar fa vint anys en codis de lectura i escriptura que feien servir els robots ancestrals. —El militar es va passar una mà pel clatell i va activar la pantalla del dispositiu electrònic que havia dut a la reunió. La presidenta i el patriarca van observar les faccions suaus, la pal·lidesa de la pell, els cabells platejats i els iris vermellosos del professor. El general prosseguí:— Tenim indicis que els ha continuat investigant i el lloc on actualment treballa pertany al districte d'on venen els últims senyals del geolocalitzador. —El general va obrir una nova pantalla que mostrava la situació del districte i la localització exacta del forat on vivia el professor.

—Què més sabem d'aquest home? —va demanar Edenson.

—És ateu —va intervenir per primera vegada el patriarca Gorg.

—I poca cosa més —va continuar el general—. Gairebé no té rastre digital i és possible que hagi esborrat totes les empremtes. És un individu gris, asocial, que en els últims vint anys s'ha dedicat a fer de professor d'adolescents i no s'ha distingit especialment per res. No té família. Viu sol, en aquest forat modest —va tornar a indicar un punt de la pantalla amb el dit—, no gaire lluny de la Magister VII. Tenim dades també del seu historial mèdic. És portador de la mutació que determina la malaltia de Huntington. Per l'edat que té ja la deu manifestar.

—El Creador l'ha condemnat... —comentà el patriarca.

—Potser és una coincidència i l'home no té res a veure amb la presència que s'ha detectat —va gosar opinar la presidenta.

—No crec en les casualitats, excel·lència. És molt probable que a hores d'ara Brigs conegui l'arribada del robot, o fins i tot hi hagi tingut contacte. —El militar va deixar caure un puny d'una mà sobre el palmell de l'altra.— Encara que no sigui així, hem de tallar aquesta possibilitat de soca-rel. Si s'han trobat, hem d'impedir amb urgència que vagin a cap lloc..., ja saben per què.

La presidenta va assentir lentament amb el cap, va observar un moment la Santa Pala penjada a la paret i tot seguit els seus ulls es van trobar amb la mirada rosada del patriarca, el rostre del qual continuava inalterable. El crani del sacerdot, completament calb, brillava amb la llum. Ella va esquivar la mirada i es va posar les mans a les temples:

—Suposo que el motiu de la reunió, a més d'informar-me de la situació, és que signi una ordre de màxima prioritat de cerca i captura del professor.

—Sí, presidenta, i també convindria signar una altra l'ordre —precisà el general.

Edenson l'interrogà amb els ulls, expectant, tot i que intuïa la resposta.

—Una ordre de desaparició —el militar pronuncià la darrera paraula lentament, mentre observava de reüll el líder religiós.

La cap d'estat va arrufar el front.

—Només executaríem l'ordre en cas de necessitat —va continuar el militar, al mateix temps que ajuntava les mans i entrellaçava els dits.

L'Eva Edenson va repassar mentalment el que recordava sobre història antiga i robots, tots els informes secrets als quals havia tingut accés des que era presidenta. Sabia que allò només era una part de la veritat, una veritat que ella potser mai no arribaria a conèixer. Els dos homes esperaven que parlés.

—Si algú descobreix el robot i s'hi comunica, creuen que hi ha un risc real?

—Pot ser la fi del nostre món —sentencià el patriarca.

Ella el mirà fixament i el religiós li aguantà la mirada. En cap persona albina no havia vist aquells ulls tan rosats ni aquella pal·lidesa tan acusada.

—No s'amoïni, excel·lència. —El general va moure el cap de banda a banda i va aturar el moviment quan els seus ulls es van trobar amb els del patriarca.— Això no passarà. Ho evitarem.

El Jacob Melgar va treure un sobre que tenia preparat —hi havia escrit a mà «Operació Čapek»—. El deixà sobre la taula. Es va alçar de la cadira i va sortir discretament del despatx presidencial. L'Ivo Gorg, abans d'aixecar-se, va estar a punt de dir alguna cosa, però canvià d'idea i va sortir cerimoniosament rere el militar.

L'Eva Edenson va llegir el document que hi havia al sobre. Era la primera vegada, des que havia accedit al poder, que es plantejava la possibilitat de signar una ordre de desaparició. Va rellegir la paraula i va tenir una sensació de vertigen que va romandre durant uns quants segons. Va mirar la Santa Pala i va tancar els ulls; quan els va tornar a obrir va signar l'ordre amb el pols tremolós i hi va estampar el segell presidencial.

Quan l'Eva Edenson, ben avançat el període de foscor, va tornar a les seves dependències del palau presidencial, el Boris Gaunar l'esperava despert. Havia llegit el conte d'havent sopat al Brandon, i aquest s'havia adormit als primers paràgrafs. Després, havia acabat de cuinar l'estofat de cuixes de talp a les fines herbes i havia posat a la nevera un fermentat de baies hidroponeses que sabia que a ella li encantava.

La presidenta de la República d'Edàfia va entrar silenciosament a la cambra on dormia el seu fill i va escoltar la respiració compassada del nen, va activar l'estat de penombra per poder veure'l i es va deixar caure al costat del petit llit. Hi va romandre estirada durant una bona estona, gairebé contenint la respiració, amb els ulls oberts mirant el sostre gris. Es va alçar i va acostar la cara a la de la criatura. «No permetré que ningú destrueixi el nostre món. T'ho prometo», va xiuxiuejar a cau d'orella del nen, que continuava dormint. Li va fer un petó al front, va desactivar la penombra i va sortir de la cambra.

Durant el sopar, l'Eva Edenson i el Boris Gaunar van parlar poc, ell no li va fer cap pregunta sobre la reunió d'alta prioritat a la qual havia assistit. Sabia que la feina d'ella tenia territoris prohibits, línies vermelles estrictament confidencials, secrets d'estat que ella mai no revelaria sota cap circumstància. No van parlar de cap altra cosa que del seu fill.

Havent sopat, van fer l'amor amb més ànsia que altres vegades. Ell va notar una ferocitat en els gestos d'ella que mai abans no havia percebut.

Fa dies que no escric cap paraula. Totes les hores lliures les dedico als preparatius de l'expedició. Penso en tot el que necessitarem. Em preocupa que ens descuidem alguna cosa important. Faig llistes i m'imagino les situacions que podem viure i els llocs per on anirem.

Sense l'Izan crec que mai no se m'hauria acudit una idea tan boja, ni m'hauria atrevit a embolicar els altres amics en aquesta aventura. Quan hi penso em poso nerviós, i m'adono que l'expedició és molt més important del que em creia.

Ara sé que sense la Duna no hauríem arribat tan lluny. La necessitem, i m'alegra saber-ho. Però no m'atreveixo a dir-l'hi de nou, perquè seria confessar-li que depenem completament d'ella i no vull que ho sàpiga.

El Brigs em comença a caure bé. Ja no el veig com un professor amargat i emprenyador i ha passat a convertir-se en còmplice de la nostra aventura, l'únic adult en el qual podem confiar i que sembla disposat a ajudar-nos.

Els robots estan prohibits perquè van fer molt mal durant la guerra, però nosaltres mai no n'havíem vist cap. Potser és per això que estem tan fascinats amb el Rubik. Només els que vivien abans de la guerra els havien vist, però queden poques d'aquestes persones, i els que van sobreviure no volen parlar dels robots.

Tinc una sensació estranya, com si estiguéssim jugant amb foc i algú ens vigilés a totes hores. Sé que la Duna comparteix amb mi aquest temor, per això va estar a punt d'abandonar, però no sé si els altres també ho senten.

De vegades penso que al pare l'hi hauria d'explicar tot, però no acabo de decidir-me, perquè segur que voldria des-

fer-se del Rubik i el lliuraria a les autoritats, i llavors tot s'hauria acabat. A més, ens hem fet la promesa que ningú no ha de dir res als nostres pares. Ningú més no ha de saber que hem trobat el Rubik i que ens disposem a partir en una expedició incerta. És un pacte que no podem trencar i sé que tothom respectarà la promesa. Ningú no revelarà el secret.

6

Instruccions per al Rubik

L'endemà, l'Enzo Brigs va faltar a classe. En el seu lloc va venir un altre professor a impartir-los una lliçó sobre la biologia dels talps. Els va dir que Brigs no havia pogut venir perquè tenia una indisposició, però que no es tractava de res greu i que aviat tornaria. Quan el professor que el substituïa va insinuar que Brigs estava malalt, la Duna Barts i l'Edgar Grim van intercanviar una mirada de preocupació.

L'Edgar, que ni tan sols havia seguit l'explicació del professor substitut, va assentir amb el cap mecànicament. Tot seguit els seus llavis van dibuixar un somriure impostat. Tenia el cap en un altre lloc: on era Brigs? Què devia estar fent, el professor? Per què no havia tornat? Què volia dir que «tenia una indisposició»? Cada vegada que es trobava amb els ulls de la Duna veia aquells mateixos interrogants.

Després de les classes, havien quedat tots al forat de l'Edgar. El seu pare tenia torn de llum a la deixalleria fins que començava la foscor i calia aprofitar que estarien sols per trobar-se. Havien de repartir el que cadascú havia de dur durant l'expedició i, el més important: la Duna havia d'intentar comunicar-se amb el Rubik. Si el robot no els marcava el camí, si no aconseguien desxifrar el codi, anirien completament a cegues.

El primer a arribar va ser l'Izan.

—Tens la llista? —li va demanar l'Edgar només veure'l.

—L'he passat a net i tot... i mira que és difícil aconseguir paper —somrigué mentre sacsejava un tros de paper d'algues escrit a mà que sostenia amb dos dits. Tot el que necessitarien estava escrit amb un estil cal·ligràfic que ningú no hauria dit que era de l'Izan Kelvin. L'Edgar va agafar la llista i la va repassar:

—Espero que no sorgeixi cap problema de darrera hora.

—Tu tan optimista com sempre, talpet —li recriminà l'Izan—. Com està el Rubik?

—Com vols que estigui una màquina?

—Quina energia deu fer servir per funcionar?

—La Duna creu que funciona amb fusió freda. —L'Edgar va mirar la llista.

—Una forma d'energia que es va deixar d'utilitzar —va dubtar l'Izan.

—Doncs segur que fa un munt d'anys que ningú no el recarrega... i diuen que aquest tipus d'energia es va inventar fa més de quatre segles.

—Quatre segles? —L'Izan es va posar les mans al cap.

—No em puc imaginar com era el nostre món fa tant de temps... —L'Edgar va tancar els ulls i va entrellaçar els dits.— Què hi devia haver aquí, just on ara som, fa quatre-cents anys?

—Talps! —va dir, rient, l'Izan.

—Potser aquest edifici està construït sobre un altre, encara més profund, que ja existia abans. Ja saps, les restes arqueològiques i totes aquestes històries de les quals sovint ens parlen els profes, però que encara ningú no ha trobat.

—Qui sap on deuen parar, aquestes restes. —L'Izan va encongir les espatlles.— La guerra va destrossar molts edificis, no devia quedar res en uns centenars de metres de profunditat.

L'Edgar va observar de nou la llista i la va deixar sobre l'escriptori:

—... i si tot és mentida? I si no hi ha ruïnes, ni res del que ens diuen?

De sobte, el brunzit de la porta principal els va estroncar la conversa. A la petita pantalla, on podien veure qui trucava, va aparèixer la Duna. Quan la noia va entrar a la cambra, acabaven de treure el Rubik de la caixa i els dos nois l'observaven del dret i del revés. Ella es va acostar al robot i el va tocar per diferents punts d'una cara, com si esbossés un dibuix. Tot d'una la superfície de la cara va lliscar i va deixar al descobert el teclat. La Duna hi va passejar els dits àgilment, fins que la pantalla petita es va il·luminar.

—El Brigs em va ensenyar les quatre eines bàsiques de la sintaxi de codi robòtic, el llenguatge elemental per comunicar-nos amb el Rubik.

Els dos nois es van ajupir i ella va continuar prement tecles. Tot seguit van aparèixer a la pantalla uns caràcters que desconeixien.

—Codi robòtic? —l'interrogà l'Edgar.

—Sí, però només les ordres bàsiques. —La noia va teclejar una línia.

En aquell moment van arribar al forat de l'Edgar, el Lucas, l'Elna i la Zoe.

Tots cinc observaven —sense entendre-ho— les línies de codi que anava escrivint la Duna, la qual estava completament absorta en el teclat. Ningú no s'atrevia a interrompre-la. Va estar una bona estona sense tocar el teclat, amb els ulls fixos a la pantalla com si esperés una resposta.

—Millor que ho deixis estar, Duna —l'Elna, finalment, va dir el que tots pensaven—. Potser aquesta màquina no té res a dir-nos i les imatges gravades que vam veure no són més que efectes especials creats amb programes informàtics i gravats a la memòria de la màquina. —L'Elna va dir «la màquina» d'una manera que no va passar desapercebuda a ningú. Ella no s'havia referit al Rubik com a un robot.

Tan bon punt la noia va acabar de parlar tots van poder veure que una de les cares del Rubik havia començat a il·luminar-se. Hi va aparèixer un mapa. Era una projecció estranya i mostrava un punt roig que s'encenia i s'apagava.

—És un geolocalitzador! —El crit de la Duna els va espantar.

—Què vols dir? —va preguntar el Lucas.

—El punt vermell correspon a la nostra situació a Edàfia. —Va posar un dit sobre el punt roig.— Fixeu-vos: aquí hi ha la Magister VII, i aquí, el forat on visc. —Va desplaçar el dit cap a diferents punts del mapa.

De sobte, la cara plana del cub va començar a fer pampallugues que es van estendre a la cara adjacent, on va aparèixer un mapa nou.

—Ens indica cap on hem d'anar! —exclamà l'Edgar.

—A Talpònia —va assegurar la Zoe—. Al lloc on se celebra el Dia del Talp.

L'Eva Edenson es va llevar d'hora, havia dormit poc i se sentia inquieta. En sortir del vaporitzador, mentre s'eixugava els cabells —les tonalitats daurades dels quals quedaven emmascarades quan estaven mullats—, va obrir en un marge del mirall una pantalla menuda amb l'agenda del dia. A primera hora del matí tenia una reunió amb el ministre d'Alimentació; una infecció vírica s'havia escampat per algunes granges de la regió meridional d'Edàfia. La notícia encara no havia transcendit als mitjans, però calia posar en quarantena les granges afectades i enviar un equip del Ministeri per identificar el virus, descartar que no fos la temible grip talpina i determinar el focus de la infecció abans que aquesta es propagués perillosament. Un sol talp infectat podia estendre la malaltia a altres granges i convertir-la en una epidèmia de conseqüències catastròfiques. Volia repassar, abans de la reunió, quin era el protocol en aquests casos.

Encara no s'havia acabat de vestir que va rebre un missatge pel canal d'emergència. Quan va veure la cara del general Melgar a la pantalla, el cor li va fer un salt dins el pit. Es va passar els dits pels cabells, va aconseguir asserenar-se i va obrir la comunicació:

—Bon dia, excel·lència. Perdoni que la molesti tan aviat. —La veu del militar era greu.— Només és per comunicar-li que el professor Brigs ha desaparegut.

—Perdoni, general, vol dir que ja l'han fet desaparèixer?

—He fet un ús erroni de les paraules, presidenta, disculpi'm de nou. Volia dir que quan l'hem anat a buscar aquesta matinada, ja no era al seu forat i ha esborrat tots els rastres de la fugida.

L'Eva Edenson va experimentar un sentiment d'alleujament inesperat.

—Han cursat l'ordre de cerca? Necessiten que signi res més?

—No cal, excel·lència, fa hores que hem cursat l'ordre i la cerca està en marxa. —El militar va arrufar les celles.— No crec que tardem gaire a capturar-lo.

—Mantingui-me'n informada, general —va ordenar abans de tallar la comunicació.

El Boris Gaunar, endormiscat, era just rere seu gratant-se el cap. Havia sentit, involuntàriament, tota la conversa. Ella va començar explicar-li la reunió que havia mantingut amb el general Melgar i el patriarca Gorg. Ell li va posar un dit als llavis fent-li entendre que no era convenient per a ningú que ell en conegués cap detall.

—Vull compartir-ho amb tu, Boris. Necessito explicar-t'ho. —Ell va mirar durant uns quants segons els ulls de la dona i va assentir amb el cap.

Les paraules d'ella l'anaven desvetllant. L'home li va agafar una mà i la va fer seure al costat seu. Només quan ella va acabar el relat ell es va atrevir a parlar:

—Com et sents després d'haver signat l'ordre?

—Malament, però amb la certesa d'haver fet el que calia per protegir el nostre món.

Ell no sabia exactament de què parlava, es pensava que es referia a protegir la societat dels robots, però ella no podia explicar-li què hi havia realment en joc, què hi havia al darrere de tot. Era un secret d'estat que molt poca gent coneixia. Gaunar li va agafar una mà i va intentar descarregar-la del sentiment de culpa que ella pogués tenir:

—Si troben aquest home i el fan desaparèixer, i algun cop s'arriba a saber, tu no en seràs responsable —va dir l'emopsicòleg.

—Sí que ho seré, i tant. —Ella va deixar anar la mà de l'home.— Sobretot en això consisteix ser presidenta d'una República: a ser responsable de tots els ciutadans i de cada acte del Govern que els afecta, per petits que semblin.

—La justícia mai no et condemnaria.

Es va fer un silenci estrany. Només se sentia la respiració profunda d'ella.

—És clar que no em condemnaria —digué l'Eva Edenson amb un deix d'ironia i un somriure amarg—.

Els jutges els hem nomenat nosaltres, controlem la justícia, però la meva consciència, més tard o més d'hora, també em jutjarà..., i aleshores no hi haurà cap trampa que m'absolgui.

Per primer cop, des que vam començar a preparar la travessia, tinc la sensació que correm perill. Tinc el pressentiment que al professor Brigs li ha passat alguna cosa. I no crec que sigui res de bo. Des que el conec, i d'això fa la tira de cursos, mai no havia estat malalt. És massa casualitat.

La meva vida ha canviat des que vaig trobar el Rubik. Estic segur que el robot amaga un secret important i que no ha anat a caure a les meves mans per casualitat..., i és que jo no hi crec, en les casualitats, però cal que aprofiti aquesta oportunitat que el destí m'ha posat davant.

Convèncer la Duna perquè no abandonés no ha estat fàcil i tampoc no ho ha estat establir què faria cadascú per preparar l'expedició. Sabem que és perillós, tots tenim una funció i tots som necessaris. Tenim una mena de pacte, un acord que no hem escrit enlloc, però sé que ningú no trairà els altres.

Demà, tot just quan s'encenguin els primers raigs de llum als passadissos del districte, marxarem a les celebracions del Dia del Talp i és allà on tot començarà.

El pare m'hi va dur quan encara era un nen. Allà vaig veure molts nois i noies més grans que jo..., més o menys de l'edat que tinc ara. Mai no n'havia vist tants i llavors no vaig entendre per què hi anaven. Ara sí, que ho entenc. A les celebracions hi haurà molta, moltíssima gent com nosaltres i, si algú ens segueix o ens vol vigilar, no ho tindrà gens fàcil.

Hem decidit dur el Rubik en un bagul, una mena d'arca de les que sovint la gent porta per dur l'equipatge o les mercaderies amb les quals vol comerciar a la Fira del Talp. He embolicat el robot amb la meva roba per si ens fan obrir el bagul.

Abans de començar a escriure, la Duna m'ha dit que ens vol comunicar una cosa important. Espero que no sigui res dolent, i que no vulgui deixar-nos de nou a l'estacada a l'últim moment.

D'aquí a unes hores ho sabrem. Ara he de deixar d'escriure. Estic nerviós amb el missatge de la Duna i no vull que ens descuidem res important.

7

Últimes hores a Edàfia

Els mitjans de comunicació emetien contínuament notícies sobre el Dia del Talp. El tret de sortida de la festivitat era un discurs a tres veus dels presidents dels estats fronterers: Talpònia, Edàfia i Hidropònia. Desenes de milers de ciutadans, sobretot joves, es trobarien a l'espai transfronterer on es duien a terme els actes festius més importants del món.

La denominació «Dia del Talp» no només feia referència al recurs natural del qual depenia el món, sinó al fet que la festivitat atresorava un sentit social i econòmic molt important. «Dia» era un mot d'origen ancestral, el significat del qual feia referència a un cicle complet amb període de llum i de foscor. Durant els dies, o períodes de llum-foscor, que durava la Fira se succeïen actes en els quals es tancaven transaccions comercials interestatals, però sobretot brindava una oportunitat única als joves dels estats veïns per trobar-se. La música i els balls facilitaven la trobada i generaven l'entorn propici perquè nois i noies de diferents territoris entressin en contacte durant els actes festius. Tot sovint es formaven parelles que després podien consolidar relacions estables amb possibilitats de produir descendència. El pare i la mare de la Zoe, i també els del Lucas, s'havien conegut durant les celebracions dues dècades enrere. Aquestes unions reduïen la consanguinitat d'un món on milions de tones de roques i centenars de passadissos esfondrats mantenien aïllats els pobladors de diferents territoris. El mestissatge era necessari per combatre l'aparellament consanguini, l'endogàmia que tant preocupava els genetistes.

Havien decidit iniciar l'expedició al mateix temps que començaven les celebracions del Dia del Talp. Així no aixecarien cap sospita. D'altra banda, durant els tres dies en què s'allargava la festivitat, els controls fronterers es relaxaven fins al punt que era relativament fàcil moure's sense vigilància pels passadissos que travessaven les fronteres. La presència de centenars de joves els faria passar desapercebuts.

Havien decidit viatjar fins a Talpònia en un trenbus d'alta velocitat, un mitjà de transport que el govern abaratia durant les celebracions. Les línies regulars del tub, el ferrocarril magnètic amb què es movien quotidianament desenes de milers de ciutadans, era el transport que utilitzava la població d'Edàfia des de les primeres llums fins que s'iniciava la foscor, però el transport urbà no arribava a Talpònia. Les línies d'alta velocitat del trenbus circulaven gràcies a un rail magnètic al sostre, desenes de metres per sobre de la línia del tub. Estaven excavades a la roca mare, de manera que quedaven entre quaranta i setanta metres per sobre dels edificis i eren pràcticament imperceptibles. Només en alguns passadissos d'Edàfia el tub provocava pertorbacions que es transmetien com una tremolor efímera.

A més de les motxilles on duien tot l'equip per a la travessia, el seu equipatge era un bagul on el Rubik viatjava ocult entre la roba. No els resultaria difícil dur-lo al trenbus, on passaria desapercebut entre l'equipatge d'altres passatgers. Només calia evitar els controls, i això no era gaire difícil, ja que bona part de la població es desplaçava amb embalums i mercaderies voluminoses per a la venda ambulant, pràctica molt freqüent durant els dies que duraven els actes.

Al seu despatx circular del Ministeri de Seguretat, el general Jacob Melgar seia davant el patriarca Ivo Gorg. Observaven, concentrats, les línies de text que se succeïen a la pantalla que ambdós tenien davant. El text estava precedit per dues paraules «Operació Čapek».

—L'Enzo Brigs no ha deixat cap rastre de la seva fugida, però sabem que pot haver arribat a Talpònia —comentà el militar amb un dit sobre la nova pantalla on acabava d'obrir un mapa—. Hem interceptat un missatge encriptat que ha estat enviat pel sistema de comunicació interna de la Magister VII. Aviat en coneixerem el contingut i també el destinatari.

—I el robot? —l'interrogà el sacerdot, que es mostrava més interessat per la màquina que per l'home.

—Du instal·lat un geolocalitzador. Setmanes enrere el vam detectar als túnels abandonats per les antigues barrinadores, a la frontera entre Hidropònia i Talpònia. El vam detectar per segona vegada només fa uns quants dies a Edàfia, no gaire lluny de la Magister VII, on treballa Brigs, però vam tornar a perdre'n el senyal. —El militar va separar les mans.— Creiem que posseeix un sistema de seguretat que restringeix durant la major part del temps la geolocalització. Els tècnics han començat la cerca amb els programes de rastreig. M'han assegurat que tan bon punt comenci el nou període de llum estarem en condicions de tenir-ne la localització exacta.

El patriarca es dugué les mans a les temples. Els dits acabaven amb unes ungles llargues perfectament tallades; eren dits delicats, blancs, que deixaven entreveure una teranyina de vasos sanguinis.

—La presidenta Edenson no ha de saber-ho. —El sacerdot etzibà una mirada de foc al general, negà amb el cap i alçà l'índex de la mà dreta.— Ja la informarem quan siguin fets consumats.

L'home va tancar els ulls i va dirigir el rostre a la Santa Pala que penjava del sostre. En aquell precís moment va entrar al despatx un individu alt, robust, amb els cabells arranats, ulls foscos i l'inconfusible uniforme de combat de les forces armades del Ministeri. Es va quadrar marcialment davant el general.

—El capità Zoran Ilych coordina la captura del professor Brigs i comanda l'escamot que s'encarregarà de trobar i desactivar el robot. —L'oficial va inclinar el tors cap al patriarca, el qual el mirà fugaçment.

—Espero les seves ordres, general —digué el capità Ilych.

Melgar va moure una mà perquè l'oficial adoptés la posició de descans. Va dirigir-se al patriarca, que tornava a tenir els ulls fixos en la Santa Pala:

—El capità Ilych realitzarà la missió amb un grup d'agents de les forces d'intervenció ràpida. Estan preparats per actuar ara mateix. Hem enviat un altre grup a Talpònia a la cerca i captura del professor.

—N'hi haurà prou amb aquests grups? —digué, lacònicament, el religiós.

—Si cal, mobilitzarem un batalló d'elit, però la discreció és important. No sabem en mans de qui està el robot, i podríem alertar-los. A banda que hem de ser prudents perquè estem realitzant una operació en un altre estat —argumentà el general.

L'Ivo Gorg va assentir amb el cap lentament i estudià de dalt a baix el capità Zoran Ilych.

Poques hores abans d'iniciar la travessia, la Duna Barts els havia convocat a tots just quan estava a punt d'acabar el període de llum. El punt de trobada era el canó de ventilació, el mateix lloc on havia pres la decisió de no abandonar l'exploració. Els va dir que era una qüestió important, que no hi podia faltar ningú. Tots van témer que es tractés d'algun problema amb el seu pare o que algú els hagués descobert.

L'Edgar va arribar l'últim, estava neguitós i no ho podia dissimular.

—Demà, a primera hora, marxem, ja hauríem de ser tots als nostres forats descansant, preparant-nos per al que ens espera. —L'Edgar va clavar els ulls als de la Duna.— Per què ens has fet venir?

La noia havia acudit amb el Draco, el gos talper, i va separar les mans amb el gest característic que tots coneixien.

—El Brigs m'ha enviat un missatge fa unes hores. És la primera vegada que m'explica què hem de fer amb el Rubik. —Va alçar un dit.— Per primer cop ens diu clarament que sap que tenim el robot.

L'Edgar va obrir la boca per dir alguna cosa, però l'Elna el va aturar amb un gest. La Duna va continuar:

—M'ha dit que l'hem de manipular, que hem de fer servir el codi... —L'Edgar la va interrompre:

—Un moment... El Brigs s'ha comunicat amb tu pel correu intern de la Magister VII i diu que sap que tenim el robot?

La noia va assentir movent el cap.

—Us adoneu del perill que suposa això?

—És molt més perillós si no li fem cas —va dir ella—. Ha enviat un missatge en codi robòtic, encriptat, a una adreça que vam generar ell i jo per si feia falta comunicar-nos. Em diu que hem de fer servir el codi per desactivar la geolocalització del Rubik. Segons el professor Brigs, els del Ministeri de Seguretat deuen saber que a Edàfia hi ha un robot, però encara no saben on és. Si no ens afanyem, aviat el localitzaran i tot s'haurà acabat.

—El Brigs t'ha dit això? —va intervenir l'Elna.

—I em va ensenyar com fer-ho. No podem perdre ni un minut.

—Un moment, un moment —va aturar-los l'Izan mentre es posava les mans al cap—. Si li has escrit on anàvem podran saber on som!

—Això no ho he escrit —la Duna li dedicà una mirada plena de retrets—, però si hagués calgut, ho hauria fet. Confio en el professor Brigs.

L'Elna va intervenir:

—Això vol dir que ens busquen, que estan intentant localitzar-nos?

—Segons el professor no ho podran fer fins que no comencin les primeres llums..., durant la foscor els sistemes de ventilació dificulten molt la geolocalització.

L'Edgar va interrompre la conversa i s'acostà a la Duna:

—Anem, de pressa! Cal que introduïm les ordres al Rubik. —L'Edgar va agafar la mà de la noia i va començar a córrer pel passadís. El Draco els seguia.

Quan la Duna, sufocada, va arribar a la cambra de l'Edgar, aquest es va dirigir al bagul on havia ocultat el robot per transportar-lo. L'Edgar va treure una petita clau que duia a la butxaca, va obrir la tapa de l'arca i va enretirar les peces de roba que cobrien el robot. El Rubik tenia les cares enfosquides, sense cap activitat aparent, però en tocar-lo va adquirir una lluminositat blavosa. La noia va moure els dits sobre la cara il·luminada per desplaçar la platina que amagava el teclat. Va moure els dits amb agilitat sobre les tecles durant menys d'un minut. Només va haver d'escriure dues o tres línies de codi robòtic per aconseguir anul·lar el senyal de geolocalització: el Rubik va emetre un so estrany —com un sospir— i la lluminositat blava es va anar apagant progressivament, fins que va quedar només una àuria verdosa, gairebé imperceptible. El Draco va fer un lladruc breu, com si hagués percebut el canvi. La màquina ja no podia ser localitzada des de cap punt. En canvi, mantenia totes les altres funcions actives. L'Edgar va mirar el gos i es va acostar més a la noia:

—Ho veus, com ets més necessària que ningú? —li xiuxiuejà a cau d'orella. Va acaronar la galta de la Duna amb la punta dels dits i lentament va acostar els llavis a la boca d'ella. La noia, però, va girar la cara, va evitar el petó i el mirà als ulls:

—El professor Brigs sap on anem i li he dit el nom del robot. —Va abaixar la mirada.— No ho he dit als companys perquè s'haurien enfadat. Hem de confiar en ell.

—Duna, jo... —començà a dir el noi, però ella el va interrompre:

—Demà, el Draco i jo anirem a Talpònia amb vosaltres i començarem la travessia. Tinc l'esperança de trobar la meva mare, Edgar, per això vaig decidir venir... —va posar una mà suaument sobre el robot sense deixar de mirar l'Edgar, que la fitava als ulls, sorprès— i crec que el Rubik ens hi pot dur.

Demà, amb la primera llum, comencem la travessia. No puc dormir, dono voltes i més voltes al llit i he decidit aixecar-me i escriure.

No estic dolgut perquè la Duna m'hagi esquivat el petó, però no puc deixar de pensar-hi. Ja ho sé, que no li dec agradar, a ella li agraden els nois més grans. Ho noto, i això em fot una mica, però ja ho superaré.

També m'ha deixat fet pols que ella digués que havia decidit venir amb nosaltres perquè creu que trobarà la seva mare. És l'única persona que trenca el tabú quan parla de les mares. Només ella té l'esperança de tornar-la a veure. Jo l'he perduda fa molt de temps, aquesta esperança. Estic segur que la mare no ens va abandonar, però no crec que torni a veure-la mai més.

No sé com se senten els altres, però a mi em sap greu que ella hagi confiat els nostres secrets al Brigs. Suposo que el professor s'amaga en algun lloc d'Edàfia. M'agradaria preguntar-li moltes coses, però no sé si tornarem a tenir cap altra oportunitat per comunicar-nos amb ell.

Repasso una vegada rere l'altra tot el que duc a la motxilla. He de deixar un petit espai per posar aquest quadern de tapes dures folrades de pell de talp. Espero tenir ocasions per escriure durant la travessia. Repasso de nou el que hi ha dins la motxilla. Obro el bagul i destapo el Rubik. La llum verda que emana continua viva. El toco amb la mà. Li torno a posar la roba a sobre i tanco amb dues voltes de clau. No l'obriré fins que arribem a Talpònia.

El pare es pensa que tornaré d'aquí a dos dies, quan les celebracions del Dia del Talp s'hagin acabat. De fet, tots els nostres pares s'ho creuen, però la nostra tornada és incerta, no sabem quant durarà l'expedició. He escrit unes línies per a ell en un full doblegat que he arrencat del quadern i les he deixades al calaix on desa els records de la mare. Més o menys aviat el trobarà allà. No vull que pateixi. Rellegeixo i el torno a copiar aquí, així no oblidaré què li hi escrit:

"Pare,

Ara ja saps que he marxat de casa més dies dels que et vaig dir. Em sap greu haver-te mentit, però era necessari perquè estic segur que no m'hauries deixat marxar.

No et puc dir on he anat, ni quan tornaré. No estic sol i el que busquem és molt important. Quan vaig ser a casa de l'oncle Matt vaig descobrir que potser existeix un camí que porta a la llum pura de la qual parlen les llegendes. No sabria com explicar-t'ho, però potser també sabré què va passar amb la mare, per què no és ara amb nosaltres.

No t'amoïnis, ja saps que sé cuidar-me. Sobretot, no avisis els de Vigilància, ni cap autoritat, podria ser perillós per a mi i potser també per a tu. M'has de creure, encara que ara no ho entenguis. Si et venen a preguntar, digues que he sortit de viatge i que tornaré aviat. No els ensenyis mai aquesta carta.

Estic content de viure amb tu. També m'agrada la Magister VII, encara que podria ser millor.

Segurament quan llegeixis això t'estaré trobant molt a faltar,

Edgar"

Llibre segon

La Fira

Hi havia una paraula en la fosca.
Minúscula. Ignorada.
Martellava la fosca.
Martellava
el fons de l'aigua.
Del fons del temps, martellava.
Contra el mur.
Una paraula. En la fosca.
Que em cridava.

Eugénio de Andrade
«Hi havia...»
Poemari *Matèria solar,* 2002
Traducció de Vicent Berenguer

8

El Dia del Talp

Els tres nois i les tres noies es confonien entre la multitud
que hi havia a l'andana. Anaven carregats amb les motxilles i només es distingien d'altres joves perquè duien un gos i perquè l'Izan i l'Edgar traginaven un bagul d'unes dimensions considerables. L'andana estava plena de gom a gom. La Zoe s'havia arranat els cabells gairebé al zero. La cabellera pèl-roja de la noia s'havia convertit en un borrissol vermellenc. Tot d'un plegat, va irrompre un fort corrent d'aire que venia del túnel semicircular. El trenbus arribava amb puntualitat.

El Lucas va localitzar el compartiment on hi havia els seus seients. El viatge duraria poc més de dues hores. La destinació era un lloc molt proper a la frontera amb Talpònia.

Gairebé no van parlar en tot el trajecte. En arribar a la frontera, no els van demanar cap document ni els van escorcollar l'equipatge. El gos i el bagul —amb el robot a l'interior— van entrar a Talpònia sense entrebancs.

El Dia del Talp se celebrava en un enclavament talponès situat al límit entre Edàfia i Hidropònia, un indret en territori de Talpònia que era equidistant a les fronteres dels altres dos estats. Des de la parada del trenbus calia recórrer un passadís ample fins a una avinguda de parets altes i sostre lluminós, en la qual descendien uns edificis —anomenats ruscos— excavats a la roca amb forats hexagonals. Era un tipus de construcció freqüent en aquella regió de Talpònia. Havien reservat un petit apartforat.

Prop de l'avinguda hi havia un gran camp de catxbol, dues sales per a concerts, un espai amb atraccions i una gran esplanada que acollia la Fira del Talp, on estava previst pronunciar els discursos presidencials amb què s'inauguraven les celebracions.

Després d'assegurar-se que el bagul quedava ocult dins la cel·la que ocupaven els tres nois, van repassar les accions que durien a terme i van analitzar què havia de fer cadascú. La Duna acariciava les orelles del Draco per tranquil·litzar-lo, perquè el viatge amb el trenbus l'havia alterat. Era molt important que ningú no fallés, que la sincronització fos perfecta i que quan comencés el període de foscor tothom estigués preparat per iniciar la travessia.

Quan van sortir de l'apartforat, l'avinguda estava molt transitada i hi havia una riuada humana que es dirigia a l'espai de la Fira. A l'enorme plaça de la Fira del Talp hi havia milers de persones que escoltaven en silenci el president d'Hidropònia, que estava a punt d'acabar el discurs d'inauguració. Es van anar obrint pas entre la gent fins que van arribar al peu de l'escenari on es pronunciaven els discursos. La Zoe, que era l'única dels sis que entenia i parlava la llengua hidroponesa, els va anar traduint el que deia.

—Tinc ganes que aquests pesats acabin de parlar per veure què podem trobar a la Fira —va xiuxiuejar l'Izan. L'Edgar es va posar un dit als llavis. No els convenia cridar l'atenció.

Quan el mandatari hidroponès va acabar el seu discurs va fer una reverència a la Santa Pala i tots els assistents van iniciar una ovació que s'allargà durant dos minuts. El president de Talpònia, l'Igor Litkosen, va anunciar el torn de la presidenta Eva Edenson. La seva intervenció —que era l'última— havia d'inaugurar el Dia del Talp. Eren a uns vint metres d'Edenson. La veu de la presidenta va començar a tornar a les columnes de so que hi havia a l'escenari.

—No és tan alta com em pensava —va comentar la Duna a l'Elna.

—Però fixa't en els cabells..., són rossos, no és albina, és el seu color natural. —L'Elna es va passar els dits pels seus cabells blancs; a ella li hauria agradat tenir-los rossos com els de la presidenta.

L'Edgar no escoltava el discurs, només pensava en l'inici del període de foscor, i com portarien el bagul des de l'apartforat perquè el Rubik els indiqués el camí. Tot d'una, un canvi de to en la veu de la presidenta el va fer escoltar-la: «... i amb aquestes paraules inauguro les celebracions més importants del món. D'aquest món indestructible que durant la Fira del Dia del Talp s'uneix amb l'expressió fraternal entre els pobles, una amistat i una pau que ens han de dur al millor dels mons possibles».

La presidenta d'Edàfia va fer una reverència als presidents electes de Talpònia i d'Hidropònia i, tot seguit, els tres mandataris es van agafar les mans i les van alçar alhora, com a símbol de fraternitat. Tots tres es van inclinar, amb les mans encara agafades, davant la Santa Pala. Les ovacions i els càntics de la gent van créixer fins a fer-se ensordidors. Tot d'un plegat va esclatar un petit castell de focs, una meravella que va fer emmudir la gent durant l'estona que va durar. Només els animals, els gossos que duia la gent i els talps de les parades, van mostrar una certa agitació.

Soc al trenbus, cap a Talpònia. Miro per la petita obertura de vidre cap a fora, a dalt, on hi ha el rail magnètic, però tot és fosc, negre. He aprofitat que tots dormien per treure el quadern. Només el Lucas, endormiscat, ha obert un ull i ha vist que el fullejava. No m'ha preguntat res i ha tornat a tancar l'ull.

Amb la claror del compartiment he rellegit el que he escrit durant aquestes últimes setmanes. No me'n sé avenir de la rapidesa amb què tot s'ha precipitat. Més d'una vegada he pensat que hauria de fer desaparèixer aquestes notes; amaguen massa secrets. Però destruir aquest quadern seria com trair la memòria de la mare, que me'l va regalar quan jo encara no sabia escriure. Em costa recordar-ne la cara, la veu. M'agradaria tant tornar-la a veure!

Observo els companys mentre dormen. La Duna seu davant meu i està preciosa. M'agradaria acariciar-li els cabells negríssims, resseguir-li amb un dit el perfil del rostre. Besar-la. Al seu costat, l'Elna respira compassadament amb els ulls tancats, els cabells blancs, la pell pàl·lida i les pestanyes platejades gairebé invisibles. El Draco, entre els peus de les dues noies, és l'únic que no dorm, com jo. Em mira amb la llengua fora. L'Izan dorm amb el cap recolzat a la meva espatlla; ronca sigil·losament i només el puc sentir jo, perquè tinc l'orella al costat del nas i la boca d'ell. La Zoe, amb els seus cabells rojos, arranats, dorm de costat, arraulida amb les cames flexionades i els genolls tocant el pit. El Lucas està inquiet, de tant en tant es gira i obre els ulls, ara els ha tornat a obrir i ha vist clarament com escrivia, però els ha tancat de nou.

Arribarem d'aquí a una hora. Intentaré dormir una mica. La propera nit potser no tindrem ni un minut per fer-ho.

No sé quan tindré una altra oportunitat per tornar a escriure.

9

Un missatge de Brigs

La Fira del Talp s'ubicava en un espai immens; no havien vist mai una cúpula tan gran com aquella. El sostre de roca viva estava il·luminat per franges de colors que canviaven progressivament. El perímetre estava ocupat per un gran nombre de parades on es podia trobar gairebé tot el que estava relacionat amb els talps. Carn fresca i processada, pells, ornaments fets amb urpes i dents i, fins i tot, una gran varietat de fermentats de llet. L'estrada central, on s'havien realitzat els discursos presidencials, estava habilitada per a actuacions de grups musicals. Al bell mig de l'espai hi havia un llac poc profund de tonalitat turquesa, les aigües del qual havia beneït un sacerdot. Al final de les celebracions, just quan començava l'últim període de foscor, la gent es banyava al llac i s'empastifava fins a l'últim racó del cos amb el fang sulfurós d'origen volcànic que s'hi acumulava al fons.

Les parades menys tradicionals es disposaven concèntricament. Allà es podien llogar temporalment els espais i disposar de petites tendes per comerciar lliurement. Aquesta zona constituïa un vertader laberint i era on també s'instal·laven la major part dels establiments d'oci i restauració.

En acabar la cerimònia inaugural, van dirigir-se a les parades de la Fira. Tenien gana i els quedava temps per fer un mos i tornar a l'apartforat a buscar el Rubik.

Tot d'un plegat, la Duna es va aturar en sec amb els ulls fixos al canell.

—El professor..., acabo de rebre un missatge del Brigs.

—Aquí? El Brigs? Com has rebut el missatge? —l'interpel·là l'Edgar.

La Duna duia un petit intercomunicador al canell. El Lucas, que estava al seu costat, va agafar el canell de la noia i va observar el dispositiu.

—Està desprotegit —va dir el noi—. Amb un rastrejador senzill poden identificar el missatge, llegir-lo i localitzar-nos.

—Has posat en perill la missió! —va exclamar l'Izan.

—No! El professor em va dir que era molt important que continuéssim en contacte, i aquesta era l'única manera —va implorar ella—. No us adoneu que sense ell no hi hauria cap missió? Encara no us n'heu adonat?

—Sense ell? —era l'Elna, que no acabava d'entendre les paraules de la seva amiga i per què els havia traït.

A Edàfia, a la seu del Ministeri de Seguretat, el general Jacob Melgar va convocar urgentment el capità Zoran Ilych.

—Prepari els seus homes i vagi a Talpònia immediatament, a la Fira del Talp.

—Els meus homes estan tots preparats. —L'oficial va serrar les dents fent força amb els músculs de la mandíbula.— Quines novetats hi ha?

—Hem localitzat una transmissió de Brigs. El missatge fa referència, molt probablement, a introduir ordres a un robot. —El general va mostrar el text del missatge al capità. Aquest, en llegir-lo, va arrufar les celles.

—On ha estat rebut el missatge?

—Al recinte de la Fira del Talp i s'ha emès a menys de dos quilòmetres d'allà. Els dos intercomunicadors són l'un a prop de l'altre. Brigs i qui du el robot entraran en contacte en qualsevol moment.

—Tenim tres homes a Talpònia, seguint el rastre de Brigs; els ordenaré que el busquin allà —va suggerir el capità.

—Els seus homes ja han rebut aquesta ordre, capità. Ja sap que Brigs no és el més important que busquem, només cal que el facin desaparèixer. Sabem que no parlarà —el general es va tocar la cicatriu—, segurament està entrenat per resistir qualsevol interrogatori. L'important és el robot i encara no sabem en mans de qui està, però potser ell ens hi durà. —El militar va moure el cap.— Cal enxampar-los a la Fira del Talp o on sigui. No perdi ni un minut més!

Després de rebre el missatge del professor Brigs, van intentar asserenar-se i pensar què havien de fer. Havien anat, sense entretenir-se, cap a la zona de les parades de la Fira; en aquell entorn laberíntic, amb tanta gent, era difícil que els localitzessin i se sentien més protegits. En poques hores arribaria la foscor. Tenien gana.

Mentre cercaven un lloc per menjar van aturar-se en una parada on hi havia molta animació: es feien curses de talps i la gent apostava a favor del seu animal favorit. La cursa consistia a travessar un bloc de terra compacta d'un metre d'ample. No eren talps grossos com els que es feien créixer a les granges, sinó que feien aproximadament un pam, però tenien les potes del davant molt desenvolupades, amb unes urpes potents i esmolades. El primer talp —un animal de pèl negre i lluent—, animat per la cridòria dels que havien apostat a favor seu, va travessar el bloc de terra en menys de tres minuts.

Va passar una bona estona fins que van trobar una taula lliure per menjar. Van demanar amanides hidropòniques i lloms de talp. Mentre menjaven discutien com contestar el missatge del professor.

Van rebutjar la idea de comunicar-li l'adreça concreta de les cel·les de l'apartforat on s'allotjaven; fer-ho era massa arriscat.

Havien d'imaginar-se una forma de comunicar-se amb Brigs de tal manera que només el professor i ells ho entenguessin. A més, havien de trobar-se en un lloc on no poguessin localitzar-los.

—Tot el que li escrivim serà visible per als serveis de vigilància del Ministeri —va assegurar el Lucas—. Estic convençut que ja coneixen el missatge que el Brigs t'ha enviat per l'intercomunicador.

—Poden saber-ne la localització exacta? —va preguntar, contenint l'emoció, l'Edgar.

El Lucas va dubtar:

—Depèn, sobretot, de la densitat de les roques i del volum d'aire que les ones de comunicació han de travessar. Quan ens entrenàvem i jugàvem fent simulacions de localització, l'error era sempre d'uns tres-cents metres. —El noi va separar les mans i va mirar al seu voltant.— Jo diria que aquí poden localitzar-ho en un radi d'entre dos-cents i quatre-cents metres.

—Això vol dir que ara mateix podem tenir agents del Ministeri, buscant-nos, a menys de quatre-cents metres, oi? —va dir la Zoe, mirant de reüll a dreta i esquerra.

—És probable, però encara no saben ni qui som, ni en quina direcció buscar. El temps corre a favor nostre, però, si han interceptat el missatge, d'aquí a una hora no hauríem de ser aquí —va contestar el Lucas, fent lliscar els palmells de les mans amb un gest molt eloqüent.

—Ens atraparien a tots: el professor, a nosaltres... i el Rubik —va mussitar l'Edgar—. Hem de tocar el dos immediatament.

—Ja ho tinc! —l'Elna va contrarestar, amb una exclamació, els mals auguris.

—Què tens? —va preguntar la Duna agafant amb les dues mans una mà de la seva amiga.

—La clau per encriptar el missatge!

—De quina clau parles? —va voler saber l'Izan.

—De què anava el treball que vas fer? Vull dir el que vas enviar al Brigs per apujar la nota —demanà l'Elna a la Duna.

—I què importa, això?

—Contesta'm: de què anava el treball?

—De la lactància dels talps i de les propietats de la llet fermentada de talp de musell llarg, que és l'espècie que fa la llet més apreciada.

L'Elna es va tocar amb un dit la punta del nas i va alçar els ulls cap al sostre rocós de la cúpula.

—Ja ho tinc!

La noia va assenyalar dissimuladament l'única parada de la Fira on es venien productes fermentats de llet de talp de musell llarg. Era al revolt on començava el laberint de parades. Els altres cinc estaven expectants. La Duna ho va entendre. Va assentir amb el cap:

—Potser funcionarà.

El Lucas va somriure; també ho havia entès:

—Abans d'enviar el missatge hem d'anar a buscar el Rubik, cal que el portem fins aquí perquè el professor el vegi.

—Hi anem l'Izan i jo —va proposar l'Edgar.

Els dos nois van sortir cap a l'apartforat a buscar el robot, caminaven tan de pressa com podien, però sense córrer per no cridar l'atenció. L'Elna va demanar a la Duna que obrís el missatge del professor Brigs. Ella, el Lucas i la Zoe es van inclinar sobre el petit intercomunicador:

«Hem de veure'ns. He de comunicar-me amb el Rubik i cal fer-ho al més aviat possible. Ens hem de trobar a la Fira abans que comenci el període de foscor.»

L'Elna va entendre que la Duna havia revelat al professor, probablement feia dies, que anirien a les celebracions del Dia del Talp, i des de Talpònia començarien la travessia. Li va demanar l'intercanviador i va tancar els ulls durant uns segons per pensar. Finalment va redactar un text molt breu:

`Quedem a la parada que està relacionada amb el meu últim treball sobre els talps.`

La Duna, en llegir-lo, va somriure:

—És perfecte.

—Creus que ho entendrà? Segur que recorda el treball que li vas enviar?

—I tant! Em va comentar que li havia agradat, fins i tot em va dir com ho podria haver fet millor.

La Zoe va interrompre'ls:

—Però no li hem dit quan quedem.

—Ens ho dirà ell i així ens assegurem que ho ha entès.

L'Enzo Brigs, al forat on s'amagava, acabava de rebre el missatge de la Duna Barts. Es va alegrar de l'enginy dels joves. Havia comprès perfectament el joc que es duien entre mans i sabia que aquell missatge i el seu podien haver estat interceptats i que en poc temps localitzarien la procedència de l'emissió i la recepció. Recordava perfectament el treball que la noia li havia enviat sobre la fermentació de la llet de talp. El lloc on l'havien citat era la parada de fermetats de llet de talp de musell llarg, una varietat de talp que produïa una llet molt apreciada. Era una de les botigues més conegudes i visitades de la Fira del Talp.

Va rellegir el missatge i, tot seguit, va observar els dígits del cronollotge que duia a l'avantbraç. Disposava de molt poc temps, però va continuar el joc:

`Ho he entès. Hi arribaré a l'hora que acabem habitualment la sessió de Tecnociència. És un bon treball, per cert.`

Va somriure mentre pensava com tots aquells missatges desconcertarien els seus perseguidors. Segur que els farien perdre encara més temps. Va tornar a fer una llambregada al cronollotge: faltaven pocs minuts per tenir l'oportunitat de veure el robot.

L'Edgar i l'Izan eren a pocs metres de l'entrada de l'apartforat. Tot d'un plegat, l'Izan va tocar dissimuladament l'espatlla del seu amic.

—No miris a l'esquerra, crec que hi ha dos homes que estan vigilant l'entrada.

L'Edgar va mirar de reüll i va veure dos individus alts, vestits amb robes fosques, que eren a la banda oposada del passadís.

—Passem de llarg —va dir l'Edgar sense immutar-se—. A uns cinquanta metres hi ha la sortida de deixalles de l'establiment: si és una sortida, també ha de ser una entrada.

No els va resultar difícil entrar a l'apartforat. Van agafar el bagul on s'ocultava el robot i van sortir pel mateix lloc per on havien entrat. Un dels homes continuava al mateix lloc on l'havien vist, amb l'esquena recolzada a la paret del passadís.

—Creus que és del Ministeri? —va preguntar l'Izan.

—Si no ho és, en té tota la pinta...

Quan van entrar al recinte de la Fira, l'Izan va descobrir l'altre home, que era a la riba del petit llac, just al costat de l'escenari on s'havien pronunciat els discursos d'inauguració. Vestia exactament igual que l'altre. Va veure com acostava la mà a la boca i parlava, i va estar segur que havien interceptat els seus missatges i els buscaven o potser buscaven Brigs... o el Rubik.

10

Brigs i Rubik

L'Enzo Brigs s'ocultava en un humil forat d'un suburbi de Talpònia proper a la frontera amb Edàfia. Coneixia el lloc, perquè hi havia viscut fins a l'adolescència. Ningú no el buscaria allà abans que geolocalitzessin els missatges.

El pare del professor, l'Hugo Brigs, havia mort poc abans que acabés la guerra; la malaltia respiratòria crònica que patia se li va agreujar com a conseqüència de les condicions insalubres en què vivien. L'home havia treballat tota la vida manejant una tuneladora, com l'avi del professor, que era un barrinador albí, quan les barrines, els pics i les pales eren els estris més utilitzats per reconstruir el món conegut i les persones albines estaven destinades a realitzar les feines més dures.

Durant la postguerra, morien moltes dones de febres puerperals, causades per infeccions que es produïen durant el part. L'Enzo Brigs va perdre la mare poc després de néixer. Va ser un part complicat; van néixer dues criatures: ell i la seva germana bessona. El seu pare va haver de decidir amb quin nounat quedar-se. Va donar la seva germana en adopció i va gastar tots els estalvis en els serveis d'una dida, una mare de lloguer, perquè alletés l'Enzo.

Des de la infantesa, l'Enzo va mostrar una gran capacitat per entendre's amb les màquines; quan deixaven de funcionar les desmuntava i les tornava a muntar amb una rapidesa i una eficàcia prodigioses. Va aprendre a programar robots i aviat va començar a endinsar-se, d'una manera autodidàctica, en el codi robòtic.

Quan va esclatar la guerra, l'Enzo tenia quinze anys —era massa jove per ser cridat a files— i pare i fill van poder sortir de Talpònia i refugiar-se a Hidropònia, d'on era la mare, però el conflicte bèl·lic arribà fins a tots els racons del món i d'allà no van poder continuar fugint. Quan els militars hidroponesos van assabentar-se que l'Enzo sabia programar en codi robòtic el van capturar i el van empresonar en una cel·la amb altres joves que també en sabien. Els van amenaçar que matarien les seves famílies —en el cas de l'Enzo, el seu pare— si no treballaven per a l'exèrcit en la programació de robots amb finalitats militars.

Aquells dos anys van ser l'època en què el jove Brigs va aprendre més sobre robòtica. Es va familiaritzar amb robots extraordinaris. Els militars construïen i programaven màquines de matar, artefactes d'espionatge, robots d'aparença inofensiva que realitzaven les tasques més brutes i detestables. Quan el pare de l'Enzo va morir, ja no tenien amb què amenaçar-lo i va deixar de col·laborar en la producció de robots amb finalitats militars. Dir-li que li llevarien la vida no li va fer cap efecte, perquè estava disposat a perdre-la. Va aconseguir escapar-se per un dels conductes de ventilació de l'edifici militar on el tenien reclòs.

En acabar el conflicte bèl·lic, l'Enzo va matricular-se a la Facultat de Ciències i Tecnologia, en la qual es va graduar amb bones qualificacions. Des de la clandestinitat, va continuar alimentant la seva set de coneixement sobre el codi robòtic, que havia estat prohibit a tots els Estats. Va començar a treballar educant adolescents al mateix temps que realitzava la seva tesi doctoral sobre codificació robòtica. La repressió i la censura no arribaven amb la mateixa intensitat a l'àmbit universitari, tot i que va haver de maquillar el títol i les conclusions de la investigació. Més endavant va tenir l'oportunitat de treballar en un departament universitari, però va preferir continuar fent classes a adolescents.

Brigs va reomplir la bossa amb queviures i va agafar l'estri que necessitaria per desmuntar el robot. Abandonava el seu forat. Sabia que no tornaria a veure aquelles modestes cel·les hexagonals —un dormitori, una cambra de bany i una cuina— que havien estat la seva llar durant la infantesa i el lloc on havien viscut l'avi i el pare. Havia de sortir amb sigil i acostar-se amb molta cautela a l'espai de la Fira del Talp. Calia assegurar-se que ningú no el seguís, perquè tenia la certesa que els agents del Ministeri no tardarien gaire a localitzar-lo. Va cordar-se la parca de cuiro sobre una camisa blanca, s'apujà les solapes, es va encasquetar un capell fosc que li ocultava els cabells i unes ulleres obscures. Deixà l'intercomunicador sota el llit, es va penjar la bossa d'una espatlla i va sortir, decidit, del forat.

Molta gent anava i venia de la Fira. Brigs no va veure res, ni ningú, que li resultés sospitós. Quan va enfilar l'avinguda que duia directament al recinte firal, va començar a caminar amb pas ferm. Duia un petit mirall al palmell amb el qual, amb un gest discret de la mà, podia veure rere seu. De seguida s'adonà que un home, que anava vestit tan fosc com ell, serpentejava entre la gent

al seu encontre. Era del Ministeri, n'estava segur, el tenia a menys de vint metres i la distància s'anava escurçant. Brigs va fer un gir brusc cap a un passadís a mà dreta, va córrer tant com va poder i, de sobte, es va ficar en un portal hexagonal que s'obria a l'esquerra. Es va quedar amb l'esquena arrapada a la paret, sense respirar. Cinc segons més tard va veure l'home del Ministeri que passava corrents. Havia aconseguit esquivar-lo, però no hi hauria una segona oportunitat. Es va treure la parca de cuiro, les ulleres i el capell, i es va esvalotar els cabells blancs com la llet. Ho va deixar tot en un racó, va tornar a sortir al passadís per confondre's amb la gent. Només va respirar fondo quan va arribar al gran espai de la Fira del Talp. Va observar la cúpula rocosa acolorida i va dirigir-se cap a la parada de llet fermentada de talp de musell llarg.

La Presidenta Edenson, a la cambra que li havien assignat al palau presidencial de Talpònia, va activar el codi de comunicació interestatal. Al cap d'un segons aparegué a la pantalla el rostre del seu marit. El Boris Gaunar somreia a la seva dona.

—El teu discurs ha estat meravellós.

—Gràcies, et recordo que tu em vas ajudar a preparar-lo —li tornà el somriure ella—. Com està el Brandon?

—Molt bé. Ara dorm.

—Ah, veig que he fet tard per desitjar-li bona nit. Fesli un petó de part meva, encara que estigui adormit. Soc una mare desastrosa: he oblidat l'hora que se'n va a dormir el nostre fill —lamentà.

—No ets cap mare desastrosa; espera, que li faig el petó. —L'Eva Edenson va sentir el so inconfusible d'un petó.— Aniràs als concerts d'aquesta nit?

—Crec que no hi haurà concerts. El president Litkosen m'acaba de comunicar que ha decidit establir l'alerta taronja.

—Alerta taronja? El mateix president de Talpònia? Per què? —L'home no va poder dissimular la sorpresa a la veu.

—Hi ha indicis per activar l'alerta roja quan comenci la foscor. No convé que a l'espai de la Fira hi hagi cap celebració, per qüestions de seguretat. Els serveis secrets han avisat de risc d'atemptat. Fins i tot s'han plantejat suspendre els partits de catxbol. Encara no s'ha fet pública l'ordre.

—Atemptat? És estrany. Seria la primera vegada, des de la guerra, que se suspèn un acte de la Fira del Talp.

—M'hauria agradat escoltar els Cegats per la llum, no crec que tingui cap altra oportunitat de veure'ls en directe.

—Segur que en tindràs —va somriure ell, però va ser un somrís breu, i tot seguit li va preguntar—: Has rebut algun avís urgent del general Melgar o del teu personal de seguretat sobre l'alerta taronja?

—No, només m'ho ha dit Litkosen.

—No és gaire normal, no trobes?

—Parlaré amb el general Melgar, a veure què en sap.

L'Eva Edenson i el Boris Gaunar van conversar durant una estona més. Van parlar del Brandon i del que farien quan ella tornés de les celebracions del Dia del Talp. Quan va tallar la comunicació, Edenson tenia l'ombra del dubte: parlar o no parlar amb el general Jacob Melgar. Va decidir fer-ho.

El rostre inexpressiu del militar va aparèixer a la pantalla. L'Eva Edenson va esmentar l'alerta taronja que s'havia establert a Talpònia i la imminència de l'alerta roja. El general va estossegar per aclarir-se la veu i va dir:

—Ho acabem de saber, presidenta, anava a posar-me en contacte amb vostè per informar-la.

Ella l'interrogà amb la mirada; volia saber quina relació tenia aquella alerta amb l'Operació Čapek.

—Hem interceptat alguns missatges entre el professor Enzo Brigs i altres persones. S'han enviat i rebut des de zones molt properes a la Fira del Talp. Hi ha evidències que tenen un robot. Hem aprofitat per fer córrer rumors de perill imminent d'atemptat terrorista. —El general va ajuntar les dues mans.— Així podem justificar enviar un escamot d'intervenció especial que està a punt d'arribar a Talpònia. Només els millors homes, i sota el comandament del capità Zoran Ilych.

—Com és que no n'he estat informada? —L'esguard d'Edenson va adquirir una duresa que el general no havia advertit des que la coneixia.

—Ho hem sabut fa poc i no volíem amoïnar-la abans de tenir dades més precises. —Va abaixar el cap marcialment.— Disculpi'm, presidenta, ara m'anava a posar en contacte amb vostè —repetí.

L'Eva Edenson estava entrenada en la detecció de mentides; una part de l'ensinistrament en les arts de la política consistia, justament, en la identificació dels trets del rostre que delataven la falsedat. Fins i tot a través del telecomunicador, va saber que el general mentia.

El cos de l'home va fer un sotrac en rebre la petita descàrrega que l'avisava que algú sortia del descensor i es dirigia al túnel que desembocava a l'avinguda. Era a uns trenta metres de l'edifici i es va afanyar per veure qui en sortia, però només va distingir una figura fosca. En seguir-la, va poder percebre els trets de Brigs. Duia unes ulleres fosques i amagava els cabells blancs sota un capell, però encara era massa lluny per estar-ne segur. Gairebé corria entre la gent, avançava amb agilitat i anava cap a la Fira del Talp. Va poder avisar els altres homes, que en aquells moments intentaven localitzar els còmplices de Brigs a la Fira.

Tot d'una, el fugitiu va girar a mà dreta. Allò significava que sabia que el seguia. Ell va córrer entre la gent. No el va veure; havia aconseguit escapolir-se, però no podria ser gaire lluny. L'home es va passar una mà pel cinyell on duia l'arma. Va refer el camí cap a la bifurcació. Aleshores va veure on es podia haver ocultat: una porta hexagonal que passava pràcticament desapercebuda. Va desenfundar l'arma i va entrar-hi. Era molt fosc i va encendre una petita llanterna acoblada a l'arma de foc. Ocults, en un racó, hi havia la trenca de cuiro, el capell per amagar els cabells i les ulleres fosques. Això confirmava que aquell home era Brigs. Va fer servir l'intercomunicador per parlar directament amb el capità Ilych.

L'Enzo Brigs va distingir la cabellera negra de la Duna. La noia duia, fermat amb una corretja, un gos blanc caçador i estava observant el mostrador de la parada de llet fermentada de talp de musell llarg. Al seu costat hi havia dues noies i un noi. També va veure dos nois que estaven asseguts en un bagul com el que duien els venedors ambulants. Un d'ells era alumne seu, l'Edgar Grim. Es va acostar a ella amb naturalitat i quan la va tenir a tocar va xiuxiuejar:

—Barts, Duna Barts... no et giris cap a mi, ni em diguis res. Seguiu-me.

La noia no es va girar, però tot el seu cos es va posar en tensió quan va reconèixer la veu de Brigs.

El professor va començar a caminar cap a les parades de restauració, just on començava el laberint de paradetes ambulants de la Fira del Talp.

La Duna va fer un gest als seus companys i va clavar un copet de colze a l'espatlla de l'Edgar que, assegut sobre l'arca on amagaven el Rubik, observava la varietat de productes que es podien elaborar a base de llet de talp.

Les tres noies i els tres nois van seguir el professor, que s'endinsava entre la munió de gent que visitava la Fira. El Draco no se separava de la Duna. L'home caminava ràpidament i no era fàcil seguir-lo, carregats amb el bagul. Es va aturar quan va arribar a un mur esglaonat de roca volcànica, en el qual uns quants venedors ambulants havien desplegat la seva mercaderia. Va triar un lloc ombrívol, on acabava el mur de pedra; potser era el pitjor espai per vendre, on menys gent passava. Brigs s'havia assegut en un dels graons negres i va fer un gest amb les mans per indicar als nois que se situessin al seu voltant, encerclant-lo, com si fos un venedor més dels que hi havia allà.

—M'han seguit fins a la Fira, ha anat de molt poc que no m'enxampessin. Heu de marxar d'aquí abans de la foscor —va dir amb la veu ronca, mentre estudiava amb els seus ulls rosats el grup d'adolescents que tenia davant.

—Nosaltres també hem vist vigilants del Ministeri —va intervenir l'Izan—, dos homes, a l'escenari dels concerts.

—Aviat n'hi haurà molts més. —Brigs va fer un gest estrany amb la boca, va tancar els punys i tot seguit va assenyalar el bagul i va abaixar la veu:— És aquí?

L'Edgar va assentir amb el cap.

—Obriu l'arca, vull veure'l ara mateix —ordenà Brigs al mateix temps que treia de la bossa una petita eina que semblava un tornavís.

Quan l'Enzo Brigs va veure el Rubik, les pupil·les se li van dilatar dins els iris vermells i el seu tic facial es va accentuar. No va poder contenir l'emoció, va passejar els dits tremolosos per les arestes del cub i va posar una mà sobre la tènue llum verda que emanava de l'interior:

—És com si estigués viu.

Sense treure el Rubik del bagul, el professor va desplaçar amb destresa la tapa que amagava el teclat i el va extreure. Rere hi havia una altra tapa amb un caragol amb forma d'asterisc. Hi va encaixar l'eina que duia i el va afluixar. Va treure la peça de metall. Tots van poder veure l'interior del robot: una teranyina de cables, plaques integrades i circuits.

—Aquí teniu el cervell, el cor i l'ànima d'aquesta màquina meravellosa. Això és el geolocalitzador. —Va assenyalar una petita peça cúbica de colors, va fer palanca amb l'eina i la va extreure. Era com una rèplica, en petit, del Rubik.— Sense això no el poden localitzar, però activaré un altre senyal de geolocalització més sofisticat que els del Ministeri encara no coneixen —va dir després de desar el cub petit dins la bossa.

La Duna escoltava amb atenció i observava atònita els dits de Brigs, que no tremolaven gens i es movien amb agilitat per l'interior del robot. En un tres i no res el professor va tornar a col·locar la tapa i va encastar el teclat al seu lloc. Tot seguit va escriure unes quantes línies de codi robòtic que ella no va entendre.

—No puc continuar ni un minut més aquí. No us puc explicar per què. Probablement us perseguiran. —Va mirar la Duna i va tocar amb la punta dels dits la mà d'ella, la seva cara es va contreure un instant esbossant una ganyota que no li havien vist fer mai.— Dona'm el teu intercomunicador, no el necessitaràs més —va dir amb una veu molt més dolça que encara no li havien sentit.

La Duna es va treure l'aparell del canell amb decisió i l'hi va donar. El professor va somriure a la noia un instant i se'l va cordar al seu canell. Va tancar els ulls i va posar les mans sobre el Rubik.

—Torneu al lloc on teniu les vostres coses, agafeu tot el que necessiteu i fugiu. —Va passejar els ulls per tots ells fins que el tic facial li va impedir mirar-los.— Deixeu-vos dur pel Rubik i no us sorprengui res del que faci. Ell us guiarà.

—On ens guiarà? —l'interpel·là l'Edgar.

Brigs el va fitar amb la seva mirada roja:

—A un lloc on coneixereu la puresa de la llum.

11

Fugida pel laberint

El professor Enzo Brigs els va dir que no es moguessin d'allà fins que ell desaparegués i va marxar sense acomiadar-se. Va començar a caminar cap a les parades, per la banda contrària per on havia arribat, tot dirigint-se a un punt que era diametralment oposat al lloc per on havia entrat a l'espai de la Fira, prop del camp de catxbol.

—Hem de fer cas al professor —va dir la Duna—. Anem a buscar les nostres coses a l'apartforat i deixem-nos guiar pel Rubik. —La noia va posar una mà sobre el bagul.— Recordeu que el Brigs ha dit que abans que comenci el període de foscor tot això estarà envaït pels homes del Ministeri.

—Sí, anem-nos-en ara mateix. —L'Edgar va inserir la clau al cadenat del bagul i el va tancar amb dues voltes.

Quan van vorejar el llac de la zona central de l'espai de la Fira, al costat de l'escenari on es farien els concerts, van veure uns nois que discutien amb una patrulla de vigilància. La discussió anava pujant de to, però ells no es van aturar, havien d'anar a l'apartforat. Quan eren a prop de l'avinguda van veure un grup de joves que anaven cap on hi havia la discussió amb els vigilants.

—Què està passant? —va preguntar la Zoe a una de les noies.

—Diuen que volen suspendre els concerts d'aquesta nit! —exclamà la noia fent un gest obscè amb el dit—. Que hi ha hagut una amenaça de bomba.

La Duna i l'Edgar, sense aturar-se, es van mirar.

—Em sembla que la *bomba* la portem aquí dins —va mussitar l'Edgar a cau d'orella de la Duna, al mateix temps que tocava el bagul.

—A mi també m'ho sembla —hi va estar d'acord el Lucas, que havia sentit les paraules de l'Edgar.

Mitja hora més tard d'arribar a l'apartforat, ho tenien tot a punt.

—Ho tenim tot? —va preguntar l'Edgar a l'Izan—. Tu i jo portem el bagul..., però en algun moment ens haurem de desfer d'aquesta càrrega.

—Llavors, com podrem portar el robot? —va pregunta el Lucas.

—Ja ens espavilarem... —L'Izan va colpejar el bagul amb una mà i va encongir les espatlles.

—Marxem ja! —L'Edgar va apuntar amb un dit la porta hexagonal.

A l'avinguda van trobar-se amb una situació inesperada. Corredisses, murmuris, veus de protesta. La policia talponesa havia començat a tallar els accessos a la Fira.

—Hem d'arribar al laberint de parades, hi hem d'arribar com sigui... és allà on comença la nostra travessia —va dir, sense deixar de caminar, l'Elna.

—Per aquí! —La Zoe va desplegar un paper d'alga amb un mapa i es va desviar cap a una galeria estreta que s'obria a mà esquerra.

La galeria era una drecera que duia al gran espai de la Fira del Talp. L'accés no estava vigilat, ni tallat. L'Edgar i l'Izan, que carregaven el bagul, miraven constantment enrere per si algú els seguia.

Van evitar el llac i van rodejar l'escenari on s'havien pronunciat els discursos. Avançaven per darrere de les columnes de so i els altaveus gegantins que s'havien instal·lat per al concert.

—Alto! —va advertir la Zoe, que anava davant.

Tots es van aturar, muts, amb les esquenes enganxades a una gran columna de so. La Duna es va ajupir, va abraçar el Draco i amb una mà li va prémer el musell perquè no bordés. A uns quinze metres d'on eren hi havia dos homes albins amb el cap afaitat. Duien una túnica porpra amb una pala daurada impresa al pit. Eren alts, robustos, probablement entrenats per lluitar. Miraven, amb insistència, a banda i banda com si busquessin algú.

—Són guardians de la Santa Pala —va xiuxiuejar el Lucas.

—Què collons hi fan, aquí? —s'estranyà l'Edgar.

—Potser té a veure amb l'amenaça de bomba —digué l'Izan.

—O potser ens busquen a nosaltres —va precisar l'Edgar. L'Elna es va posar el dit índex als llavis per ferlos callar:

—Confieu en mi, oi?

Tots es van quedar sorpresos que digués això i van assentir amb el cap. L'Elna va continuar amb la veu molt fluixa:

—Passi el que passi, no us mogueu d'aquí.

En acabar de dir-ho, la noia es va esmunyir entre els altaveus. La Duna va tornar a agafar el Draco perquè no la seguís i l'Elna va anar directament cap als dos homes de les túniques porpres. Els ulls d'ella arribaven al pit del guardià més alt. La noia va intercanviar unes quantes paraules amb els homes. Tot d'un plegat, ella va encongir les espatlles, va separar els braços i va assenyalar amb un dit cap a les parades, a l'altra banda del laberint. Els homes es van mirar durant un instant i van sortir esperitats cap allà. L'Elna es va quedar quieta, observant-los. Quan els guardians de la Santa Pala van desaparèixer entre la gent, ella va fer un gest amb la mà cridant els seus companys.

—De pressa! Tornaran de seguida. Ens queden pocs segons...

Tots van seguir l'Elna. Quan van arribar al laberint de les parades ambulants, la Zoe va passar davant; ella era la que s'orientava millor; duia el mapa i era l'encarregada de guiar-los al passadís que els havia mostrat el Rubik dies enrere.

—Què els has dit? —li va preguntar la Duna mentre corrien entre les parades.

—Soc albina, com ells, i per això m'han escoltat... —va dir amb la veu entretallada per la manca d'aire—. Els he dit que havia vist una cosa que potser els podia interessar.

—Quina cosa?

—Quan he pronunciat la paraula robot han sortit disparats.

—Els has parlat del Rubik! —va intervenir l'Edgar.

—Esclar que no els he parlat del nostre robot... —va esbufegar l'Elna—. Els he assegurat que havia vist un robot en una de les parades, en la que hi havia els talps de cursa i les apostes, recordeu? També els he dit que em pensava que els robots estaven prohibits per la Santa Pala, que per això els ho deia.

—Ets boja, Elna... —a la Duna també li faltava l'aire per parlar—, però la idea és genial. Els has enviat en direcció contrària de la nostra.

Quan el patriarca Ivo Gorg va arribar a la Fira del Talp, faltava poc perquè comencés la foscor i s'acabava d'activar l'alerta roja: tots els accessos estaven segellats i ningú no podia sortir ni entrar a l'espai de la Fira. El sacerdot va aturar-se tot just on començava el llac i va fer una genuflexió amb el cap cot davant la gran estàtua de la Santa Pala, que s'erigia al bell mig de l'escenari. Tot seguit va mirar cap al laberint amb la barbeta alçada, com si olorés l'aire.

Havia pres la iniciativa sense tenir en compte el cap major de l'exèrcit, el general Jacob Melgar, i sense avisar la presidenta Edenson. L'Ivo Gorg era massa poderós per rebaixar-se a demanar permís a ningú. Tenia la certesa que hi havia un perill imminent, una amenaça per al món i per a l'Església de la Santa Pala d'un abast incalculable, i havia decidit actuar pel seu compte.

Amb ell, havien arribat a Talpònia vint guardians de la Pala, homes de la seva confiança, tots albins, devots, disposats a defensar fins a la mort l'Església de la Santa Pala i el seu patriarca. Els comandava ell directament. Els havia situat, per parelles, en diferents punts estratègics del recinte firal i els havia ordenat que l'avisessin tan bon punt observessin algun fet que els cridés l'atenció. L'objectiu era trobar el robot i, si feia falta, eliminar les persones que el duien.

De seguida van presentar-se-li dos guardians.

—Tenim informació que a la Fira hi ha un robot —digué un dels homes després de fer una reverència de submissió.

—Informació? Qui us ha donat la informació?

—Una noia... —va titubejar el guardià— m'ho ha dit a mi mateix, m'ha assegurat que havia vist un robot a la parada de les curses de talp, però venim justament d'allà i no hi ha res que faci pensar que hi hagi cap robot.

—On és la noia? Anava sola? —els ulls rosats de Gorg escopien foc.

—No... no ho sabem.

El patriarca va colpejar amb el dors de la mà el rostre del guardià.

—Imbècil! Era ella qui tenia el robot..., on éreu quan t'ho ha dit?

L'home, que s'havia agenollat, es va alçar immediatament i va assenyalar amb un dit rere l'escenari.

L'Ivo Gorg va fer cridar tots els guardians, va rodejar el llac i va fer que anessin en la direcció oposada a la que havia dit la noia: cap a les parades dels venedors ambulants, que feia estona havien començat a recollir les seves coses i abandonaven la Fira.

Van arribar fins a un racó del laberint que semblava un carreró sense sortida. Les parades ambulants, venedors i compradors havien desaparegut, un mur de roca fosca els barrava el pas. La Zoe mirava i remirava el mapa dibuixat a partir de les indicacions del Rubik. La Duna també va observar-lo.

—Només pot ser aquí, de fet aquí hi ha el mur... —L'Elna va posar un dit sobre el mapa.

—Però és un cul de sac —remugà la Duna.

L'Edgar, que estava més preocupat pel que hi havia al darrere que pel que tenien davant, va trepar a una roca alta que feia de sostre d'una de les parades. Des d'allà podia veure una part de laberint que havien deixat enrere.

—Merda! Venen quatre gegants albins. —Va saltar de la roca.— En menys d'un minut seran aquí.

—El trajecte continua rere el mur... —El Lucas, que mantenia encara la calma, observava el mapa.— Hi ha d'haver alguna manera de travessar-lo.

—Aquí! —va dir l'Izan. El noi sostenia el Draco, que havia anat fins a un racó a tocar del mur i havia començat a bordar.

—Unes escales. Són tan estretes que no hi podrem fer passar el bagul —va comentar l'Edgar.

—Traiem el robot i portem-lo amb les nostres mans! —va proposar la Duna.

L'Edgar es va treure la clau de la butxaca, va obrir l'arca i va agafar el Rubik amb les dues mans. Pesava i va necessitar que l'Izan l'ajudés.

—Així, entre els dos, tu davant i jo darrere —va indicar l'Izan.

Quan van començar a descendir pels graons de pedra van sentir els passos i les veus dels guardians, que estaven a punt d'arribar al cul de sac.

Quan els guardians de la Santa Pala van topar amb el mur rocós es van aturar en sec. Haurien girat cua i anat cap a un altre lloc si no haguessin vist el bagul obert. Van tardar un minut a comprendre què hi havia hagut dins i en pocs segons van localitzar el passadís estret amb les escales.

Els graons de pedra eren ombres negres que a cada passa els amenaçaven a fer-los caure. Descendien a les fosques, massa lentament, i llavors —abans que busquessin els frontals de llum dins les motxilles— una de les cares del Rubik va començar a emetre una llum verdosa, aquella llum que l'Edgar havia vist el dia que va trobar el robot als passadissos fets per les tuneladores abandonades. Els il·luminava l'escala. La Duna va haver de tranquil·litzar el gos. L'Izan i l'Edgar es van posar davant, sostenint entre els dos la font cúbica de llum en què s'havia convertit el robot. Poc després, van començar a ascendir per una escala. Els graons eren humits i relliscosos. Rere seu, a pocs metres, van sentir els guardians que ensopegaven i parlaven entre ells dins la foscor. Van poder distingir els feixos erràtics de llum de les seves llanternes. Cada vegada eren més a prop.

12

La metamorfosi del Rubik

L'escala desembocava a un passadís fosc i estret. La Zoe s'havia fixat el frontal al cap i amb la llum podia observar el mapa sense aturar-se. Ella, l'Izan i l'Edgar anaven davant, amb el Rubik, que els il·luminava el camí. Avançaven, en silenci, tan ràpidament com podien, però transportar el robot entre els dos alentia la marxa. Van arribar a un lloc on la galeria s'eixamplava. La llum del Rubik es reflectia en punts brillants de les parets, probablement eren minerals preciosos, puntes de diamant. En aquell punt el passadís es bifurcava en dos túnels. La Zoe, després d'observar el mapa, no va dubtar: va indicar el túnel de l'esquerra. No sentien ni els passos ni les veus dels perseguidors, però sabien que eren a prop. La Duna va aprofitar per lligar el Draco a una corretja extensible, tot seguit va treure l'embolcall de les galetes energètiques que duia. Va llençar-lo just on començava el túnel que havien descartat.

—Això els farà dubtar —va mussitar.

En aquella part el terra era rocós i no deixava petjades. El túnel s'estrenyia i s'eixamplava com un embut.

Van recórrer un trajecte sinuós durant mig quilòmetre i a mesura que avançaven percebien que cada vegada els costava més respirar, la xafogor era intensa i era com si l'aire s'anés enrarint.

—Els devem haver deixat enrere? —dubtà l'Edgar amb la veu entretallada per l'esforç i la manca d'aire.

Ningú no va dir res.

Van arribar a un altre trencant on s'obrien tres passadissos. La Zoe no ho veia clar, en el mapa no apareixia

aquest trencant. Llavors el Rubik va emetre un raig de llum verda cap a una de les boques negres. No van dubtar ni un instant i s'hi van ficar. El túnel era cada vegada més estret i ple de revolts, però l'aire era més respirable. De sobte, en un revolt, l'Izan va percebre una sensació a les mans.

—Vibra, s'està movent. Ho has notat? —va xiuxiuejar perquè només el sentís l'Edgar.

—Sí, el Rubik sembla que és viu... —va confirmar l'Edgar.

Els dos nois es van aturar i van deixar el robot amb molta cura a terra, sobre les roques. El Lucas, l'Elna, la Duna i el Draco, que anaven rere d'ells, van formar un cercle que envoltava el Rubik.

—Mireu, està canviant! —exclamà l'Izan.

Quan la Zoe va apagar la llum del seu frontal, la claror que emetia el robot va virar cap a un blau intens. Les arestes s'estaven corbant, canviaven els angles, les puntes dels vèrtexs s'arrodonien; el cub canviava lentament de forma i volum, com si s'anés reduint. El Rubik vibrava i emetia un brunzit que no havien sentit mai. Tot d'un plegat deixà d'emetre llum i es van veure immersos en la negror. Van sentir les passes dels guardians de la Santa Pala, llunyanes, com si correguessin per un passadís paral·lel al que es trobaven.

Els ulls dels sis estaven fixos en el robot, del qual només veien un punt violaci que creixia i es feia cada vegada més intens. Al cap d'una estona la claror violàcia va il·luminar-los els rostres i van poder apreciar en què s'havia transformat el Rubik. Tots van quedar muts, menys el Lucas, que va deixar anar una exclamació. El cub s'havia convertit en una esfera perfecta que emetia llum violàcia, que oscil·lava i rodava lliurement a dreta i esquerra sobre un llit irregular de roques.

El Lucas és el que estava més meravellat amb la transformació. No parava de dir que no ho entenia. Insistia a explicar-los que aquell canvi tan complex només podia ser operat a distància per algú; que el robot —per més intel·ligència artificial que posseís— no podia estar programat per fer-ho. Va ser ell el primer que es va atrevir a tocar l'esfera. Quan li va posar dos dits a la superfície, el Rubik va deixar de moure's i va mostrar una pantalla transparent en un dels hemisferis. Van poder veure perfectament el mapa que la Zoe havia copiat a partir de la fotografia que ella havia fet. Indicava la situació exacta on es trobaven i el camí que havien de seguir. Tot d'un plegat, van tornar a sentir les passes dels guardians que refeien el camí pel túnel paral·lel. Si arribaven de nou a la cruïlla, aquest cop potser encertarien el túnel.

—Fotem el camp d'aquí! —va dir l'Edgar.

El Rubik avançava rodant pel sòl de roques del passadís. Es desplaçava tan de pressa que no el podien seguir i una vegada rere l'altra s'havia d'aturar a esperar-los. El robot esfèric tornava a emetre una lluminositat verda que permetia veure les escletxes i les roques del túnel.

—De quin color és la llum? —va preguntar l'Izan, que no podia distingir alguns colors per causa del seu daltonisme.

—Verda, correm! —cridà la Duna.

Van avançar a un ritme frenètic durant molta estona. Els costava molt avançar gairebé a les fosques, només guiats per la llum que emetia el Rubik. El Draco els ajudava, feia de pont entre el robot i ells. Progressar pels túnels, tan ràpid com podien, era esgotador. Estaven rendits, necessitaven descansar, menjar, dormir.

Van arribar a una zona del túnel on aquest s'eixamplava i es convertia en una galeria amb el sostre més alt. El Rubik va augmentar la intensitat de la llum i en una de les parets de roca van veure una escletxa ampla, negra. No l'haurien distingida si el Rubik no els l'hagués mostrada, perquè es confonia amb les fractures de les roques. El robot es va acostar a l'esvoranc i el Draco s'hi va ficar. El Rubik, els tres nois i les tres noies el van seguir.

Dins la gruta, humida i negra, en un silenci sepulcral van intentar escoltar els passos dels seus perseguidors. Però només hi havia silenci. El Rubik es va apagar lentament. El robot no parlava, però els deia clarament que descansessin, que dormissin.

Utilitzo la llum del frontal per escriure. Mentre ho faig, els companys descansen a la gruta natural on ens ha conduït el Rubik. Hem de recuperar forces per continuar fugint. Ens busquen a nosaltres, però els portem avantatge, i tot gràcies a aquesta esfera meravellosa en què s'ha convertit el nostre Rubik.

Hem menjat aliments liofilitzats que dúiem a les motxilles, aigua i píndoles de vitamines.

Miro les parets i el sostre de la gruta i amb el frontal aconsegueixo distingir els punts brillants que havia vist abans. *Deuen ser diamants. Si ho són, quan el túnel es faci més estret haurem d'anar molt en compte de no tocar les parets perquè els cristalls ens feririen i ens esquinçarien la carn.*

Necessitem asserenar-nos i intentar desxifrar les indicacions que ens dona el Rubik. No podem estar sempre fugint. Ja no hem de transportar el robot, ara és ell qui ens arrossega rere seu. Necessitem saber on anem i poder estar més tranquils per prendre les decisions adequades.

La Duna descansa al meu costat i ha compartit amb mi les seves galetes energètiques. Eren delicioses! Ara s'ha mogut, adormida, i ha recolzat el cap a la meva espatlla! Em costa continuar escrivint sense despertar-la... i no vull que es desperti perquè em sento molt a gust, així.

Jo també necessito dormir, encara que només sigui una estona.

13

Arriben a un llac

La presidenta Eva Edenson havia ordenat al capità Zoran Ilych que es presentés al palau presidencial de Talpònia, a un despatx que li havien habilitat en una cambra profunda. Ilych va acudir-hi sol; tots els seus homes estaven participant en la missió que tenia com a objectiu capturar el professor Enzo Brigs i neutralitzar el robot.

Edenson va esperar que el capità parlés.

—Hem trobat un dels intercomunicadors que es van fer servir. —El militar va obrir la mà i va mostrar el dispositiu a la presidenta.— Era en una cel·la d'un apartforat, molt a prop de la Fira del Talp.

—I Brigs?

—Aviat el capturarem. Sabem que du l'altre intercomunicador i hem pogut geolocalitzar la seva situació. —Ilych va tancar els punys i va mostrar la seva satisfacció.— El millor de tot és que la geolocalització del robot coincideix amb la de l'intercomunicador: el professor i el robot són al mateix lloc.

La presidenta va alçar les celles.

—On?

—A Hidropònia, a menys d'una hora d'aquí.

—Suposo que el general Melgar n'està al cas.

El capità, molt seriós, va assentir amb el cap, però no li va dir res del patriarca Gorg, ni dels guardians de la Santa Pala.

—Si capturen el professor, vull parlar amb ell —va dir la presidenta d'Edàfia. Quan ho va dir no va poder deixar de pensar que havia signat l'ordre d'eliminació.

Ilych va fer una ganyota imperceptible que Edenson va detectar.

—Els nostres homes estan en una missió secreta en territori hidroponès, hem transgredit els tractats internacionals per la importància i l'alt risc que té la missió, presidenta. Si el capturem viu —va pronunciar la paraula amb un èmfasi especial— no serà fàcil que el puguem traslladar fins aquí.

La presidenta va dirigir la mirada als ulls de l'home i aquest els apartà immediatament.

—Això no és cap problema —va dir ella en un to gairebé inaudible—. M'hi traslladaré jo.

L'Enzo Brigs havia dut a terme el pla com l'havia previst: amb la seva maniobra havia atret l'atenció dels agents del Ministeri de Seguretat; el professor havia engegat puntualment la geolocalització de l'aparell que havia extret de l'interior del Rubik; i havia utilitzat el senyal que emetia l'intercomunicador de la Duna com li convenia. Va calcular que en menys d'un dia tindria a sobre els agents del Ministeri de Seguretat.

Feia unes hores, en plena nit, havia arribat al petit forat que tan bé coneixia. Era la llar on havia viscut la seva mare, el refugi on havia viscut fins a ser capturat per l'exèrcit hidroponès. El forat era en un districte d'Hidropònia, no gaire lluny de la frontera talponesa, i ell recordava perfectament la combinació numèrica per entrar-hi. Era un barri obrer i la major part de la població treballava a la biofactoria més important de la regió de cultius hidropònics d'algues.

Entrar al forat va ser com introduir-se en una màquina del temps. En va recórrer cada racó, cada estança, només ho veia tot molt més petit de com ho recordava. Va seure a l'única cadira que hi havia a la cuina, es va treure l'intercomunicador del canell i el va posar sobre la taula, al costat del petit cub de geolocalització del robot. Tot seguit va observar les sis cares del cub, que era una mica més gran que un dau; totes eren d'un color diferent. Va somriure: «Vosaltres i jo tenim tot el Ministeri de Seguretat al darrere», va xiuxiuejar als artefactes cúbics sense vida. Va intentar pensar amb la lògica amb què actuarien els militars. No li resultava fàcil posar-se al seu lloc —gairebé era impossible—, però sabia que els interessava molt més el robot que la seva persona. Molt més la màquina que l'home.

Però encara havia de jugar una mica més al gos i al talp amb ells.

Va desactivar el geolocalitzador del robot i va sortir de l'edifici amb l'intercomunicador. Va caminar per un passadís fosc. L'activitat dels ventiladors havia minvat i podia transitar-hi sense ser arrossegat pels corrents d'aire.

El professor caminava serenament, ensumant l'aire, tot revivint amb les olors la seva joventut.

Quan havia recorregut un quilòmetre i mig va girar per un túnel fosc, que s'obria a mà dreta. El pas obscur desembocava en un espai ample, excavat a la roca. Era el camp de catxbol del districte —sovint hi havia anat amb el pare—. Es va apropar a la tanca que separava el túnel del terreny de joc, es va ficar una mà a la butxaca i en va treure el dispositiu intercomunicador, el va engegar i hi va escriure unes paraules. Era el darrer missatge, però el primer en què faria servir el terme «robot»:

Quedi's amb el robot i amagui'l bé, professor. Ja hem acabat el que havíem de fer. Tot és ara a les seves mans. Nosaltres tornem a Edàfia.

Va enviar el missatge, va prémer fort l'intercomunicador dins el puny i va llançar-lo amb força. El dispositiu va anar a parar als seients d'una de les tribunes. Tot seguit, Brigs va començar a refer el camí cap al forat. Era a la setena planta d'un edifici profund excavat en roques basàltiques, fet que caracteritzava el districte per la seva foscor. Després de baixar amb el descensor, va obrir la porta hexagonal i va anar directament a la cuina, al lloc on havia deixat el geolocalitzador del robot. Es va fregar les mans, l'esperava una llarga estona de feina amb el codi robòtic.

Quan l'Edgar va obrir els ulls tot era negre i no sabia on era. Sobre el seu abdomen reposava el cap d'una persona i no va gosar moure's. Estirà un braç i va tocar una roca humida. Només quan va ficar l'altra mà dins la motxilla que li feia de coixí, i va tocar el quadern de tapes folrades de talp, va saber on era. Allà no existia el període de llum del dia i aquell cap només podia ser de la Duna.

Encara endormiscat, va anar reconstruint els fets. Gairebé sense moure's va remenar dins la motxilla fins que va trobar el frontal, va encendre'l amb una intensitat molt baixa, no va gosar enfocar el cap de la noia per no despertar-la. Va explorar l'espai. Era la gruta on s'havien ocultat i no tenia cap dubte que els esclats brillants de la paret eren diamants. Els dos nois i les tres noies dormien profundament. Va mirar el cronollotge per esbrinar si l'hora a Edàfia corresponia a un període de foscor i es va adonar que allà s'iniciava el període de llum: havien entrat en el desfasament horari més aviat del que preveia; en aquella foscor perpètua havien perdut completament la noció del dia i de la nit. El Rubik, sense emetre llum, era en un racó, el Draco dormia al costat del robot. L'animal va obrir els ulls i va alçar el cap quan la llum es va passejar per sobre d'ell. Ignorava quantes hores havia dormit. Va abaixar encara més la intensitat de la llum, i va enfocar la cabellera negra de la noia, les parpelles, serenament tancades, no deixaven veure els iris verds. El pit d'ella ascendia i descendia a un ritme compassat. Va apagar el frontal i va intentar dormir, però no ho va aconseguir. Pensava en el pare, en Brigs, en el Rubik... i en el lloc on els conduïa. Potser la Duna tenia raó i el robot els duria amb les seves mares.

Quan va tornar a obrir els ulls, tenia a menys d'un pam el rostre de l'Izan, tot il·luminat. Dibuixava una ganyota monstruosa.

—Desperta't, nen, que dorms més que un talp en hibernació!

Ja no tenia el cap de la Duna sobre la panxa. El Rubik expel·lia una claror violàcia que permetia distingir l'amplitud de la gruta. Els altres dos nois i les dues noies estaven agenollats, observant el robot. L'Edgar i l'Izan es van unir al grup.

A la pantalla, el Rubik mostrava una matriu de nombres i lletres que ningú no sabia com interpretar. El Lucas —que era el que sabia més matemàtiques— intentava trobar alguna relació aritmètica entre les xifres, però no se'n sortia.

—Crec que són dades —va dir, finalment, el noi—. Fixeu-vos que, en diferents llocs, es repeteixen les lletres N, S, W, E i que al costat i rere alguns nombres hi ha símbols: una rodoneta o un apòstrof, que de vegades és doble. Crec que són dades, sense cap relació numèrica, però desconeixem el codi.

—Potser sí... —va admetre la Zoe, que acabava de copiar una renglera de nombres amb els símbols i les lletres rere el mapa que duia.

Tot d'un plegat, el Rubik va rodar fins a un extrem de la gruta i va projectar una imatge a la paret més llisa. Era un mapa. Hi havia dibuixada, amb tota mena de detalls, una xarxa laberíntica de túnels i passadissos. L'Edgar es va acostar a la projecció de la paret. Va posar un dit sobre un punt lila lluminós que s'encenia i s'apagava.

—Suposo que som aquí —digué el noi. Es va girar cap als altres i la cara li va quedar il·luminada amb un tramat de línies.— I hem d'anar fins aquí. —Va estirar el braç per assenyalar un altre punt del mapa, una taca lluminosa, blava i més gran, on convergien diversos túnels.

—Potser haurem de recórrer cent quilòmetres —va calcular el Lucas.

L'Edgar va encongir les espatlles.

—Doncs posem-nos en moviment, que segur que els guardians de la Pala ens deuen estar buscant per tots els racons d'aquests túnels. —El noi va passar el dit d'una manera inconcreta per la projecció.

L'Elna va intervenir:

—No sabrem quan dormir, ni quan menjar. Ens mourem al llarg d'una nit inacabable. Només tenim els cronollotges i no hi ha cap sistema de mesura de l'espai. L'única claror vindrà d'ell —la noia va assenyalar el robot esfèric— i dels nostres frontals... fins que s'apaguin.

—Tampoc no sabrem com tornar —va reblar la Zoe.

La Duna, abraçada al gos, escoltava preocupada les seves amigues i, al mateix temps, estava il·lusionada. Pensava en el pare i sobretot en la mare, a la qual tenia esperança de veure.

—Penseu en el menjar que tenim —l'Izan havia pres la paraula—. Portem provisions per set dies i ens en deuen quedar per cinc. Aigua en podem trobar, però aquí no hi ha ni un gram de menjar i si se'ns acaba, seria fatal.

Després de les paraules de l'Izan, tots van romandre callats. Estaven confinats en un espai obscur, on no semblava existir cap altra vida que la seva.

Va ser el Rubik qui els va treure de l'ensopiment. L'esfera va guanyar lluminositat, va virar cap al verd, i va rodolar fins a la sortida de la gruta.

—Ens marca el camí. Seguim-lo! —va trencar el silenci la Duna. Van recollir a corre-cuita les motxilles i van abandonar la gruta.

Van caminar durant més de tres hores per túnels i passadissos de diferent amplària. Sovint trobaven bifurcacions i desviaments, però el Rubik sempre els assenyalava el trajecte que havien de prendre amb un raig verd de llum. S'aturaven puntualment a descansar, a menjar, a fer les seves necessitats, a dormir.

Només s'orientaven amb el mapa que el Rubik els mostrava en un dels seus hemisferis. Sovint tenien la sensació que havien passat pel mateix lloc més d'un cop. Mesuraven el temps amb els cronollotges, però no tenien cap referència de la successió de llum i foscor; tota la travessia discorria en obscuritat, que només era interrompuda per la llum artificial dels frontals o la lluminositat que emetia el robot. La sensació tèrmica era agradable, la temperatura havia descendit lleugerament i l'ambient no era tan sufocant, fet que indicava que transitaven cap a estrats superiors en lloc de guanyar profunditat.

Segons el mapa del robot, havien recorregut tres quartes parts del camí. Només els faltava un tram per arribar al punt blau que els mostrava la pantalla.

—Quant temps creus que deu fer que som per aquests túnels? —va preguntar l'Edgar a la Duna.

—Potser tres o quatre dies. —La Duna va mirar el seu cronollotge, però aquest només mesurava lapses de dotze hores.— Ens queda poc menjar i gairebé hem esgotat les bateries d'energia. Creus que encara ens persegueixen?

—Els guardians no tenen cap Rubik que els guiï —va somriure l'Edgar, al mateix temps que obria les mans. Però el noi no estava gens segur que no els seguissin el rastre.

—Encara escrius al quadern que dus a la motxilla?

L'Edgar no sabia que ella l'hagués vist escriure.

—Com ho saps?

—El Lucas va veure com escrivies al quadern al trenbus. —La noia va aturar-se; el Draco, que duia lligat amb la corretja, necessitava orinar.

A l'Edgar li va saber greu que el Lucas hagués revelat a la noia que escrivia un diari.

—Des que vam abandonar la primera gruta on ens vam ocultar no he escrit ni una paraula. —L'Edgar va moure la mà com si escrivís.— No vull gastar energia amb la llum del frontal, però tinc moltes ganes d'escriure: necessito explicar què ens passa, encara que siguin quatre ratlles.

—A mi també m'agrada escriure —va reconèixer la Duna—, però amb tot el que estem passant em veig incapaç de posar dues paraules seguides amb sentit.

Van enfilar una galeria ampla, un passadís que tenia el sostre tan baix que van haver d'ajupir-se. Descrivia una pujada suau i avançaven amb dificultat. De tant en tant, la galeria estava travessada perpendicularment per túnels estrets, però el Rubik continuava conduint-los passadís amunt, sense desviar-se. L'aire era fresc, respirable. De sobte, poc abans d'arribar a un dels trencants, el robot es va aturar, la llum verda gairebé es va apagar i l'esfera va rodar fins a un petit colze excavat en una de les parets. Els tres nois i les tres noies, sorpresos pel comportament del robot, el van imitar i es van aixoplugar a la concavitat. El Rubik va enfosquir-se completament i van quedar immersos en la negror. El silenci era absolut i la Duna va agafar el gos entre els braços. Tot d'una van sentir passes que venien pel passadís que creuava el nostre perpendicularment, del qual van irrompre dos feixos de llum que es movien i rastrejaven les parets de pedra.

—A terra... —va xiuxiuejar l'Edgar.

Des del terra, ocults per l'entrant excavat a la roca, van distingir les siluetes imponents i inconfusibles de quatre guardians de la Santa Pala il·luminades pels feixos de llum de les llanternes que movien en totes direccions. Els homes es van aturar a la galeria; caminaven ajupits. Un dels raigs de llum va passar a pocs centímetres de la concavitat on s'amagaven. Van pronunciar dues o tres frases, van creuar perpendicularment la galeria i van continuar pel túnel que la travessava. Va ser llavors quan van veure que un dels guardians duia un gos rastrejador.

Cap dels sis gairebé no respirava i la Duna premia suaument amb les mans el musell del Draco, tancant-li la boca perquè no bordés. Uns minuts després, el Rubik va emetre una vibració i va tornar a brillar amb la seva resplendor verda.

—Em pensava que ja no ens buscaven... —va dir l'Edgar.

—Devem ser molt importants..., sobretot ell —va opinar el Lucas posant una mà sobre la superfície corba del robot—. Hem tingut sort que l'aire circulava cap a nosaltres i el gos que duien no ens ha pogut ensumar.

—Si porten gossos per rastrejar, vol dir que els perseguidors estan molt organitzats —va dir l'Elna.

—Continuem ascendint, que no se'ls acudeixi tornar pel mateix lloc per on han vingut —va proposar la Duna.

La galeria, al cap d'un quilòmetre, va deixar de fer pujada i el sostre es va fer més alt. Era un túnel que davallava lentament i s'estrenyia, com un embut. El Rubik avançava massa ràpidament perquè el poguessin seguir. Va desaparèixer rere un revolt i tots van quedar immersos en la foscor. La Zoe i l'Izan van encendre els seus frontals.

—On és el robot? On s'ha ficat? —va preguntar la Zoe.

—Potser és rere el revolt —va dir l'Elna.

Rere el revolt, efectivament, el Rubik oscil·lava de dreta a esquerra. El robot il·luminava una extensió d'aigua que recordava el llac de la Fira del Talp.

Feia massa dies que no es rentaven i els seus cossos desprenien una olor agra, desagradable. Els venia de gust ficar-se a l'aigua per treure's la brutícia i la pudor.

—Ara entenc el punt blau al mapa. És això, és aquest llac! —va exclamar el Lucas mentre s'acostava al Rubik, que acabava d'il·luminar una part de l'esfera i mostrava el mapa.

—Però el camí continua, fixeu-vos. Hem de travessar el llac. —L'Elna havia posat un dit sobre el mapa il·luminat.

—Com el travessarem? Sembla que aquesta vegada no hi ha cap túnel, ni cap escala amagada... —L'Izan va recórrer amb la llum del seu frontal la cúpula rocosa del llac i les parets que el delimitaven.

Van caminar per la riba fins que van arribar a la banda oposada, on un mur rocós que arribava fins al sostre feia de presa.

—Deu ser profund? —es preguntà l'Izan al mateix temps que enfocava la superfície del llac amb el frontal. La llum s'hi reflectia com en un mirall. Es va ajupir i va submergir una mà a l'aigua.— No està gens freda.

En aquell precís moment van sentir un lladruc i van veure llums: algú avançava pel passadís per on havien arribat. Van veure un gos rastrejador; rere l'animal, les siluetes de quatre guardians van irrompre a la cúpula. Eren just al lloc on les aigües del llac delimitaven amb l'extrem del passadís. Un dels homes els va escridassar que s'aturessin. El to era amenaçador. Tot d'una, el Rubik va augmentar la intensitat de la llum verda i va rodar cap enrere, com si agafés embranzida, va adquirir velocitat i rodolà fins a l'aigua. Flotava i lliscava per la superfície del llac. El feix lluminós es movia en totes direccions i, de sobte, el robot es va submergir. L'única llum procedia de les llanternes dels guardians, que els enfocaven directament. Només distingien el reflex feble del Rubik sota l'aigua i com aquest avançava pel fons cap al mur de pedra que marcava el límit del llac.

—Hi ha un pas sota l'aigua! —va cridar la Duna amb el braç estès cap a l'únic lloc on es trencava el gran mirall que era el llac.

Els guardians, que havien quedat atònits pel comportament del Rubik, van reaccionar i van començar a córrer cap als joves. El gos rastrejador anava davant. I llavors va passar el que ningú no s'esperava: el Draco es va precipitar a l'encontre de l'altre gos, bordava com mai no l'havien vist bordar. Els dos animals van quedar cara a cara, llançant-se lladrucs que ressonaven a la cúpula.

—A l'aigua, tireu-vos a l'aigua! —va cridar l'Edgar.

Gairebé sense veure on era, l'Izan s'hi va llançar de cap amb la motxilla a l'esquena i se submergí seguint el Rubik. Sota l'aigua va poder veure, amb la llum del robot, que a la paret hi havia un forat semicircular. Amb unes quantes braçades va arribar al forat. El semicercle era prou ample per passar-hi i traspassava la paret. Després, tot era foscor, aigua negra. Va buidar amb força una part de l'aire que tenia retinguda als pulmons: les bombolles que li van sortir de la boca van ascendir i amb la llum del Rubik va poder veure que es desfeien tres metres més amunt. Va deduir que l'obertura desembocava en un altre llac. Ja no podia aguantar més sense respirar: va refer el camí per sota l'aigua i va treure el cap a la superfície. Va agafar aire i va cridar:

—Hi ha un pas! Veniu!

Al mateix temps que el cap de l'Izan emergia a la superfície, un dels guardians havia arribat fins on eren les noies. L'Elna i la Zoe es van llançar a l'aigua. Els dos animals havien passat dels lladrucs a les mossegades i la Duna intentava separar el Draco de l'altre gos, però l'home agafà amb violència la noia pels cabells. Els altres tres guardians dubtaven: el robot era l'objectiu prioritari, però l'Església de la Santa Pala prohibia als seus servidors —entre altres coses— submergir-se a l'aigua si aquesta no havia estat beneïda prèviament per un sacerdot.

Gairebé a cegues, l'Edgar va intentar colpejar el guardià que arrossegava la Duna pels cabells, però l'homenàs l'empentà amb l'altra mà i el noi anà a parar contra la paret rocosa. La motxilla li aturà el cop a l'esquena. El Draco va ignorar el gos rastrejador i amb un moviment sobtat va saltar i va clavar els ullals al canell del guardià. L'udol de dolor de l'home va ressonar per tota la gruta. Va deixar anar els cabells de la Duna i es va acarnissar amb el gos. El Draco va esquivar la maça en què s'havia convertit el puny del sicari. El Lucas aprofità que el guardià s'havia desequilibrat en errar el cop per empentar-lo amb totes les seves forces. L'home va caure a l'aigua i començà a moure els braços desesperadament. Bramava com un foll i els altres tres sicaris van aturar-se en sec.

—A l'aigua! —va cridar la Duna—. El Draco ens seguirà.

El Lucas s'hi va tirar de cap. L'Edgar va agafar la mà de la Duna i també s'hi van llançar. Els dos van treure el cap un moment fora de l'aigua i la noia va cridar el gos. L'Edgar li va estirar el braç i la va obligar a submergir-se.

Sota l'aigua el silenci era aclaparador. Veien, tèrboles, les cames del Lucas que es movien fins a desaparèixer en un forat fosc de forma semicircular. El Rubik els il·luminava el camí. Nedaven desesperadament, però els moviments semblaven alentits i harmoniosos. L'Edgar va notar tres vibracions consecutives de la petita esfera que duia al coll: era l'Izan que utilitzava l'intercomunicador, probablement des de l'altra banda. Va fer gestos per obligar la Duna a continuar nedant cap al forat i ell ho va fer rere d'ella. Quan va ficar-se al semicercle negre va veure que la noia, davant d'ell, el traspassava i ascendia en la foscor. Rere d'ell, el Rubik els il·luminava i podia veure la silueta de la Duna que continuava pujant. Va nedar amb totes les seves forces, cap a dalt, convençut que arribaria a una bossa d'aire. Va treure el cap a la superfície de l'altra banda del mur quan ja no podia més. Rere seu, mitja esfera de Rubik il·luminava amb la llum verdosa els rostres, que acabaven d'emergir, de la Duna i del Lucas.

—Per aquí! —era la veu de l'Izan, que des de la riba, amb una llanterna que gairebé no feia llum, els deia per on podien sortir. Ell, l'Elna i la Zoe els van ajudar a enfilar-se per les roques de la riba.

El llac i la cúpula que l'envoltava eren un calc d'allò que havien deixat rere el mur. Només es diferenciaven perquè el sostre del segon llac era més baix. El Rubik era fora de l'aigua; per la seva superfície hermètica, s'escorrien regalims i gotes d'aigua puríssima.

Tot d'un plegat, van sentir algú que xapotejava a la superfície.

—Merda, han passat! —va exclamar l'Izan.

El Rubik va enfocar cap a l'aigua i van poder veure un musell i unes orelles blanques inconfusibles.

—És el Draco! —va esclatar la Duna.

El gos va sortir de l'aigua i va sacsejar enèrgicament el cos per esbandir-se. La Duna el va abraçar i amb la llum del Rubik li va explorar el cap, el tronc i les extremitats, per si tenia alguna lesió. Només tenia esgarrapades de la lluita amb l'altre gos i la part superior del musell inflamat, segurament pel cop que li havia etzibat el guardià. El va tornar a abraçar i el va besar. La noia es va tocar els cabells i va mirar el Lucas amb tendresa:

—Gràcies, Lucas, per defensar-nos d'aquell home. El Draco i jo te'n devem una..., i també a tu, Edgar. —La noia va girar-se cap a l'Edgar.

Tots van obrir les motxilles per veure en quin estat havien quedat les bateries, els frontals, els aliments i les altres coses que hi duien. El poc menjar que els quedava, mullat, es faria malbé aviat. Amb l'aigua, les bateries d'energia havien quedat inservibles. Dos frontals no funcionaven i la roba de recanvi estava xopa. Per sort, l'Edgar duia una motxilla impermeable, que en el moment de llançar-se a l'aigua estava ben tancada. Ni a la roba, ni al menjar, ni al frontal, ni al cronollotge, ni a la bateria i, sobretot, ni al quadern de tapes dures de pell de talp, no hi havia tocat l'aigua.

Van veure que el Rubik començava a rodar. Van caminar rere del robot per la riba del llac, que s'estrenyia i es bifurcava en dues llengües d'aigua. Van seguir l'esfera. Van arribar a una galeria més ampla amb multitud de petits bassals, un laberint de petits llacs. El Rubik els

va guiar per túnels estrets per sota dels quals sentien xipollejar l'aigua. Van arribar a un petit llac gairebé circular, la riba del qual acabava en un passadís més ample.

—Espereu. —L'Edgar els va fer aturar abans d'endinsar-se al passadís.— No hi entrem, encara. Mirem abans on anem i què ens queda per arribar-hi, i mentrestant eixuguem-nos la roba aprofitant el corrent d'aire que ve del passadís.

—Bona idea —va dir l'Izan—. Tinc les sabates tan xopes que no puc fer ni un pas més.

—Tinc una ferida lletja... —Era l'Elna que els mostrava un tall profund a l'avantbraç. Sagnava.

—Com? Com t'ho has fet? —preguntà la Duna, amb un gest de preocupació.

—No ho sé, no em fa mal..., suposo que em dec haver tallat amb alguna roca o un sortint en passar d'un cantó a l'altre del llac. No me n'he adonat fins que no he vist la sang.

La Duna, que duia una petita farmaciola, va netejar la ferida a consciència i la va embenar per aturar l'hemorràgia. Poc després l'Edgar va veure la Zoe que esbandia amb l'aigua del llac un drap tacat de sang.

—No! Tu també t'has ferit amb alguna roca?

—Aquesta sang no és de cap ferida —va aclarir ella, molt seriosa.

El noi va tardar uns quants segons a comprendre-ho. La conversa només l'havien sentida la Zoe i la Duna, que, en la penombra, no van poder veure que el noi es va ruboritzar. Rere d'ell va sentir els xiuxiueigs i els riures breus de les noies.

Van estendre la roba i les sabates i van aprofitar que es despullaven per rentar-se amb l'aigua temperada del bassal circular. Després, tots sis van seure al terra rocós i tebi de la gruta. Rere seu, el llac, completament pla, només interrompia l'obscuritat de l'aigua amb la resplendor verda del Rubik. L'Edgar observava, en la penombra, el cos lluent i musculós de l'Izan, que s'asseia davant d'ell. Tot i tenir els perseguidors separats només per un mur i un laberint de petits llacs, les noies xerraven i reien; era la primera vegada que es divertien des que van sortir d'Edàfia, i d'això ja feia un grapat de dies. L'Edgar les va observar de reüll, dissimuladament. Va entreveure la nuesa de la Duna, la brillantor de la seva pell i la rodonesa d'un pit. Va ajuntar les cames i hi va posar una mà damunt per ocultar l'erecció.

L'Elna observava l'aigua amb la claror verda que emetia el robot esfèric:

—Què creieu que faran els guardians? Penseu que passaran?

—Posaria la mà al foc que no podran traspassar el mur... són tan fanàtics que no deuen haver posat ni una mà dins l'aigua no beneïda per ajudar el seu company. Si no sabia nedar, i tal com es movia dins l'aigua estic segur que no en sabia, es deu haver ofegat —va contestar el Lucas.

—Però el Draco ha pogut passar des de l'altra banda del mur i sol no pot submergir-se ni nedar per sota l'aigua —va objectar la Zoe—. Hi ha d'haver alguna altra manera de passar-hi.

Ningú no va saber què dir.

—Com li deu haver anat al professor Brigs? —va plantejar la Duna—. Ara entenc per què va treure l'aparell de geolocalització del Rubik i em va prendre l'intercomunicador.

L'Edgar va assentir amb el cap:

—Gràcies a ell no tenim rere nostre tot un batalló del Ministeri de Seguretat. Estic segur que ara l'estan perseguint pensant-se que ell té el robot. Ha fet d'escut —va assegurar noi—. Només els fanàtics de la Santa Pala no s'ho van empassar.

Van deixar passar el temps, descansant en silenci, fins que la roba es va eixugar. Es van vestir i es van preparar per reprendre la marxa.

—I ara què fem? Gairebé no ens queda menjar, ni energia... —L'Izan estava neguitós i va dirigir la mirada cap al robot.

El Rubik, com si l'hagués entès, va emetre una vibració breu i va projectar al seu hemisferi superior un nou mapa. S'hi mostraven menys passadissos que a l'anterior. El traçat dels camins era més rectilini i el trajecte finalitzava de nou en un punt. Aquest cop era una taca grogosa.

—I això què deu ser? —preguntà la Zoe amb un dit sobre la taca.

—Ves a saber. —L'Edgar es va alçar i va posar una mà sobre l'espatlla del Lucas.— Quants quilòmetres calcules que haurem de recórrer aquest cop?

El Lucas va observar el mapa durant uns quants segons i va moure el cap a banda i banda:

—Uns quaranta... Si cada dia en fem vint, d'aquí a dos dies haurem arribat a la taca groga.

—Doncs no sé què estem esperant per anar-hi —va animar-los l'Izan, al mateix temps que s'alçava.

Després d'omplir les cantimplores amb l'aigua del petit llac circular, van emprendre la marxa pel passadís. El Rubik rodava davant, guiant-los. El camí dins el túnel era pla, però les roques del terra eren cantelludes i dificultaven la marxa. Van caminar durant més de dues hores per una galeria rectilínia i estreta. De tant en tant, comprovaven el mapa que el Rubik els mostrava a la superfície esfèrica. S'aturaven, callaven i escoltaven el silenci sepulcral del passadís, per saber si els guardians encara els seguien. Aquells homes havien vist el robot, i tots sabien que no abandonarien la persecució.

Van arribar a un replà ample. Tenien els peus adolorits i van decidir jeure.

El Rubik va apagar la resplendor i es van quedar adormits.

La llum verda del Rubik m'ha despertat i aprofito la claror per escriure. Sembla que fa segles que no ho faig! No vull gastar la bateria que em queda encenent el frontal. Observo la Duna, que dorm arrapada al Lucas; m'agradaria creure que amb la foscor l'ha confós amb mi, però crec que a ella li agrada el Lucas. Sento un nus a la gola, però res no m'ha de distreure. És millor que no em faci cap il·lusió, a totes les noies els agraden els nois més grans.

El Draco està despert al costat d'ells i em mira amb les orelles alçades com si entengués la meva tristor. L'Elna també s'ha despertat. La veig inquieta, pel gest de la seva cara crec que li fa mal la ferida.

Segons el Lucas hem recorregut gairebé cent quilòmetres des que vam fugir pels passadissos de la Fira del Talp. No sabem com calcular el temps, però almenys fa cinc dies que som en aquest laberint de túnels i galeries que ignorem on ens porten. He donat el meu cronollotge a la Zoe, a mi em fa nosa i ella en traurà més profit. La calor ha disminuït i l'aire és més fresc i renovat. Els túnels semblen naturals, com si les màquines dels humans no els haguessin construït.

Se'ns acaba el menjar i no aguantarem gaires dies més. Evitem parlar-ne, però sé que tots ho tenim al cap: en aquest món obscur no hi ha aliments, i sense aliments no podrem sobreviure. Hauríem d'haver sortit amb més provisions.

Per més que hi penso no em puc imaginar d'on treu l'energia el Rubik. Roda, vibra, fa llum, projecta mapes... potser funciona amb un petit reactor de fusió freda, una tecnologia que no coneixem. Tampoc no puc deixar de pre-

guntar-me per què ens estan perseguint. Per què els interessa tant el robot? Quin secret amaga el Rubik? Per què persegueixen sis adolescents que no tenen ni setze anys? Bé, el Lucas i la Zoe sí que els tenen, però els han fet fa poc.

Espero que el professor Brigs s'hagi pogut escapar i estigui en un lloc segur. Trobo a faltar el pare, i mira que mai no hauria pensat que me'n recordaria tant, d'ell. La mare sempre l'he trobada a faltar, des que va desaparèixer.

14

Troben l'Enzo Brigs

 L'Eva Edenson havia tornat feia tres dies a Edàfia. La va despertar un missatge del general Melgar. Amb poques paraules la va informar que ja havien localitzat amb exactitud el forat on era el professor. El missatge deixava clar que el capità Ilych s'encarregaria directament de dirigir la missió per capturar Brigs i en poques hores, segurament abans del migdia, el mateix capità la informaria de tot. A Edenson no li va passar per alt que va dir «capturar», que en cap moment va esmentar el terme «eliminar».

Encara no s'havia obert pas la foscor. Després de treballar durant hores, sense descans, el professor Brigs tenia la programació enllestida i el dispositiu a punt. El que feia era arriscat, però cap dels seus perseguidors —encara que fossin experts en codi robòtic— sabria ferlo servir, i això el tranquil·litzava. Havia aconseguit una rèplica virtual d'un dispositiu de geolocalització, però no com a emissor de senyals, sinó com a receptor. Va fer un parell de tests de control amb diferents freqüències d'emissió: funcionava correctament i ell coneixia la freqüència a la qual havia reprogramat el Rubik. Va acoblar el receptor a la pantalla del seu dispositiu portàtil i va prémer amb decisió la tecla que executava el programa que cercava la freqüència del robot.

A la pantalla es va dibuixar un mapa amb multitud de línies, algunes semblaven corbes de profunditat, d'altres simulaven túnels i passadissos. Quan es va encendre un punt vermell que feia pampallugues, el cor li va fer un bot: havia trobat el robot i sabia exactament on eren.

«Només us falten vint quilòmetres! Esteu a punt d'aconseguir-ho!». Li va sortir la veu molt més alta del que volia i es va tapar la boca amb les dues mans. Els dits li tremolaven i no podia controlar la contracció dels músculs de la cara.

Allò significava que ningú, ni res, no els havia pogut aturar, que havien recorregut gairebé cent quilòmetres immersos en la foscor, només guiats pel robot. Cap humà, en la història del món, no ho havia aconseguit i aquells adolescents eren només a un pas. Va obrir el petit refrigerador i va agafar una ampolla de fermentat d'algues que havia comprat en arribar a Hidropònia i que havia reservat per a aquell moment. Va servir-se'n una copa. En fer la primera glopada va sentir la cremor de l'alcohol a la gola i poc després es va sentir envaït per una sensació de lleugeresa.

Va pensar en la Laura, l'única dona que havia estimat. Havien començat a viure junts poc després d'acabar la guerra. Ella desitjava tenir una criatura. El fet era que si la tenien, la Laura desapareixeria de la seva vida, i ell no estava disposat a perdre-la. També hi havia el risc que la criatura tingués el terrible mal d'ell, una malaltia degenerativa que els progenitors passen amb una alta probabilitat a la descendència. Sense que ella ho sabés, li administrava un fàrmac anticonceptiu amb el menjar. Les pastilles van funcionar, i mentre van viure junts ella mai no es quedà embarassada. Però un dia la Laura va trobar la capsa de les pastilles; sentia un desig intens de ser mare i no va tolerar que ell l'hagués traïda, ni que fos per amor. Va abandonar-lo. El professor va demanar el trasllat a un centre d'un districte llunyà, a la Magister VII. No va tornar a veure mai més la Laura. Més tard, va saber que havia trobat un altre home i que havia tingut una filla. Poc després, la dona desaparegué, com la resta de mares d'Edàfia.

Va omplir una altra copa de fermentat d'algues i se'l va empassar d'un sol glop. La ingesta d'alcohol accentuava els símptomes de la seva malaltia degenerativa. Perdia el control dels músculs de la cara, que dibuixava expressions inversemblants, i la musculatura de les mans feia que es recargolessin contra la seva voluntat. Va aconseguir fixar els ulls a la pantalla de geolocalització. El robot s'havia desplaçat a uns dos-cents metres del punt anterior: si continuaven avançant a aquell ritme, va calcular que potser arribarien en un sol dia. Va somriure i la melangia va tornar a envair-lo. Després de conèixer la Duna Barts, va veure en ella la filla que podria haver tingut. Va intentar somriure de nou, però la seva cara va dibuixar una ganyota amarga.

Faltava poc perquè comencés el període de llum i sabia que els agents del Ministeri no tardarien gaire a arribar; probablement aprofitarien l'estat de penombra que precedia la sortida de la llum. Va esborrar el programa de geolocalització del Rubik sense deixar-ne cap empremta digital. Va llençar el dispositiu, després de trinxar-lo, al reciclador de metalls. Va agafar el geolocalitzador cúbic que el Rubik havia dut, durant anys, al seu interior, el va tocar amb els capcirons dels dits i va anar girant les cares de colors. Va reconèixer que aquells adolescents havien trobat un bon nom al robot i que aquest era a les millors mans possibles. Va recordar el primer robot cúbic que havia descobert, però d'això feia massa anys i hi havia una guerra. Aquella màquina també li assenyalava un camí, un trajecte que ell no va ser prou valent de seguir. Dins la bossa duia una capsa de pastilles. Abans d'agafar la capsa, el tic facial li va deformar l'expressió. Va recordar el seu pare i com es va deteriorar la seva salut durant els últims anys. Ell no acabaria així.

Emparats per la penombra, els deu agents van prendre posicions al voltant de l'edifici on havien localitzat la posició de Brigs i del robot. L'escamot operava en un estat estranger, en una missió secreta de màxima seguretat, i calia que actuessin amb la màxima discreció; no podien tallar passadissos, ni túnels, ni restringir el pas amb cintes de seguretat. Tots anaven vestits amb roba convencional i les armes les duien ocultes en diferents racons del cos. Esperaven les ordres del capità Zoran Ilych.

Ilych volia ser el primer a entrar al forat on s'ocultava el professor. La seva prioritat era evitar que Brigs destruís el robot quan es veiés assetjat. Les instruccions del general Melgar eren molt clares: capturar l'home, ferlo parlar, eliminar-lo —parlés o no— i portar el robot a Edàfia. Havien de simular que havia estat un suïcidi, així evitarien qualsevol investigació criminal que realitzessin els agents hidroponesos. Feia més de mitja hora que el dispositiu de geolocalització del robot no s'havia desplaçat ni un metre. Zoran Ilych va considerar la possibilitat que Brigs estigués dormint o descansant i hagués deixat el robot a una certa distància d'on era ell. Va decidir que era el millor moment per irrompre al forat.

No hi havia cap sistema d'alarma i la porta hexagonal de l'edifici gairebé no va oferir resistència. Van desactivar els sistemes de comunicació perquè ningú no detectés la seva presència. Dos homes es van quedar a l'entrada per evitar que hi pogués accedir cap testimoni, els altres vuit van esmunyir-se dins l'edifici. Amb gestos precisos, Ilych va situar dos agents al descensor i els altres dos a la sortida d'emergència. Els altres tres i ell van baixar fins a la planta setena, per les escales. Van desenfundar les armes.

La porta del forat també va cedir aviat. Dins tot era fosc. Van encendre les llanternes que duien acoblades a les armes. El forat era petit, de poc més de quaranta metres quadrats, i de seguida van trobar el professor. Era a la cambra de bany, nu, dins una banyera modesta. Ilych el va cridar pel seu nom i no en va obtenir resposta, s'hi va acostar, es va ajupir i va posar els dits a l'aigua de la banyera. Era tèbia. Tot seguit va tocar el coll de Brigs. Estava fred. Li va buscar el pols. No el va trobar.

En un tamboret hi havia un flascó de pastilles buit, al costat va veure un estrany objecte cúbic amb les cares de diferents colors, era una mica més gran que un dau dels que es feien servir als jocs d'atzar. A Zoran Ilych no li va costar gaire entendre que havien arribat tard i que aquell objecte no era el robot que havien vingut a buscar.

Se'ns han acabat les provisions. La Duna ha volgut donar al Draco una part del que li tocava a ella, perquè l'aliment que duia per a ell es va fer malbé al llac, però no l'hi hem permès: tots li hem donat al gos una mica del poc que ens queda. A mi m'ha menjat una galeta de la mà!

Estem molt cansats. Els peus destrossats ens fan molt mal de tant caminar per les roques punxegudes, gairebé sempre a les fosques. No sé si podrem aguantar gaires quilòmetres més..., el que millor aguanta la travessia és l'Izan, que sempre està animant-nos a tots. La Zoe també és forta i resistent i mai no es queixa de res. La ferida al braç de l'Elna cada vegada té més mal aspecte. Ella tampoc no es queixa, però li noto el gest de dolor. Està també més callada, més apagada.

Parlem poc de la família, però la Duna està molt amoïnada pel que li pugui passar al seu pare si descobreixen que ella és aquí. El Lucas troba a faltar la seva cosina, amb qui està molt unit, i la Zoe enyora casa seva i el seu pare. A l'Izan i a mi ens fa una mica de vergonya parlar d'això, però sé que ell també està enyorat.

Sovint penso en el professor Brigs, en com ha atret l'atenció dels agents del Ministeri de Seguretat perquè el perseguissin quedant-se el geolocalitzador del Rubik. És molt més llest del que em pensava; espero que estigui bé i hagi pogut escapar-se. Potser algun dia el tornarem a veure i llavors tot serà diferent.

Estic rendit, tinc son i gana. Deixo d'escriure, necessito dormir.

15

Un llac diferent

Feia prop de tres hores que caminaven; resultava extremadament fatigós avançar gairebé a les fosques, units un rere l'altre; havien aprofitat la corretja extensible del Draco per lligar-se pels malucs i ensopegaven constantment amb els rocs del terra i amb la persona que caminava davant. La galeria només els havia deixat avançar en fila índia durant la major part del camí. El Rubik rodava davant d'ells, els guiava, però no emetia prou llum per mostrar-los els accidents del camí, era només una esfera de claror que es desplaçava davant d'ells. La llum per avançar la proporcionava el frontal de l'Edgar —l'únic que els quedava—, que l'Izan duia lligat al cap. Ell i el Draco anaven davant, rere el Rubik.

Van enfilar una galeria més ampla que ascendia amb un pendent suau, un camí amb un seguit de revolts pronunciats. L'Izan va dirigir la llum a les parets i el sostre rocós.

—Això és impossible que ho hagi excavat cap ésser humà, ni cap barrinadora —va assegurar el Lucas, que tenia els peus ferits i caminava coix.

—Només ho pot haver fet l'aigua durant segles, fixeu-vos en aquests forats i com estan polides les parets —va dir la Zoe, mentre passava la mà per la paret rocosa que s'alçava a la dreta i l'enfocava amb la seva llanterna, que gairebé ja no feia llum.

Feia molta estona que ascendien, havien guanyat un desnivell considerable. Al final d'un dels revolts, a uns trenta metres, van distingir una llum de tonalitats verdes que anava creixent en intensitat.

—Potser és un altre robot! —va dir l'Izan, que havia sentit més d'una vegada com l'Edgar explicava com havia trobat el Rubik.

La situació recordava a l'Edgar el moment en què havia trobat el robot. Només faltaven les rates; no havien vist cap animal salvatge en tota la travessia. L'Edgar, que anava rere l'Izan, no va dir res, però el cor li galopava dins el pit.

En sobrepassar el revolt, la llum —de tan intensa— gairebé els va fer aclucar els ulls. Davant s'obria una cúpula ampla amb una enorme extensió d'aigua de la qual emanava la llum verdosa.

—La taca groga del mapa també era un llac! —exclamà la Duna, que immediatament va agafar el Draco amb les dues mans perquè no s'hi llancés.

Era el llac més gran que mai no havien vist, considerablement major que el que hi havia davant els escenaris de concerts de la Fira del Talp i més extens que el que havien travessat fugint dels guardians.

La Zoe es va ajupir a la vora del llac i va submergir una mà dins l'aigua. Va omplir la concavitat del palmell amb el líquid il·luminat, se'l va acostar al nas i el va ensumar. La seva cara va quedar il·luminada durant uns instants. Tot seguit, va abocar el líquid a terra, el qual s'escampà en una taca verdosa fins que, lentament, la llum que emetia es va anar apagant.

—Són les ànimes de les nostres mares! —exclamà l'Izan.

—Són bacteris —va assegurar la Zoe ajuntant les puntes del polze i de l'índex—. Bacteris bioluminescents.

—Bioquè? —L'Izan es va gratar el cap i va fer un pas enrere.

—Microorganismes que fan llum, són luminescents... —Els va mostrar el palmell, on encara restaven algunes gotes lluminoses.

—Són tòxics, els microorganismes? Enverinen l'aigua? —preguntà l'Elna.

—No. A Hidropònia hi ha basses bioluminescents. Hi fan créixer algues i plantes aquàtiques que fan servir la llum per viure —explicà la Zoe—. Hi ha soques de bacteris que emeten diferents tonalitats de llum. És una simbiosi meravellosa entre els vegetals i els bacteris, però l'hem provocada els humans.

—Com ho saps, tot això? —L'Izan sentia curiositat per com ho havia après.

—El meu avi va néixer a Hidropònia i va conèixer la meva àvia en una Fira del Talp. Es van enamorar —en dir-ho es va enrojolar, però ningú no ho va poder advertir amb la tonalitat de llum que emetia el llac—. L'avi es va traslladar a viure a Edàfia amb l'àvia. Allà van tenir la meva mare i, poc després..., ja ho sabeu, l'àvia va marxar, com va fer la mare quan jo era tan petita que gairebé ni la recordo. Abans de dormir, l'avi sempre m'explicava històries fascinants del seu país —la noia va somriure amb nostàlgia—. Em parlava de la llum dels llacs, però també de les llegendes de la llum pura. Rondalles antigues que tractaven d'una bola incandescent que il·luminava el món amb una llum d'una puresa extraordinària.

La caverna dins la qual s'estenia el llac era enorme. Constituïa una volta ampla a la roca viva, una concavitat d'uns trenta metres d'alt que havia estat excavada durant segles per les crescudes d'aigua, que en temps passats havien estat violentes i sobtades.

—Qui s'hi anima? Segur que un bon bany ens deixarà nous —va proposar l'Edgar mentre començava a treure's la roba.

La Zoe va observar l'avantbraç de l'Elna, que no gosava preguntar si seria convenient mullar la ferida.

—Està infectada —va dir l'Elna.

—Els bacteris que fan llum no són infecciosos. Diuen que fins i tot tenen propietats curatives.

L'Edgar, l'Izan i la Zoe es van despullar i es van submergir lentament al llac lluminós. Només van deixar el cap a fora.

—És increïble, està freda per sota i tèbia per dalt! —va exclamar, entusiasmat, l'Izan—. M'està deixant els peus nous... Anima't, Lucas!

Al cap d'un minut, tots eren a l'aigua. El Draco també. A prop de la riba, la part menys fonda, l'aigua els arribava als genolls, però pocs metres després els cobria. L'efecte que feia xipollejar en una aigua lluminosa era difícil d'entendre, era com si l'aigua s'incendiés. Van jugar a esquitxar-se i a enfonsar-se, com havien fet des que eren infants a les basses d'aigües termals d'Edàfia. Feia una bona estona que eren a l'aigua i s'havien oblidat del Rubik. L'Edgar va passejar els ulls per la riba, tot cercant una esfera lluminosa de diferent color, però no el va veure.

—On és el Rubik? —va preguntar l'Edgar, amb preocupació.

—Allà! —va indicar la Duna, estirant un braç cap a un promontori rocós que s'alçava en un dels extrems del llac.

Quan van sortir de l'aigua, van deixar que l'aire els eixugués el cos. La llum que emetia el llac era prou intensa perquè es veiés la seva nuesa, però evitaven mirar-se. Es van vestir i van resseguir el perímetre del llac fins que van arribar on era el Rubik. Van distingir un corriol que duia fins al promontori rocós, arran del sostre de la caverna, des d'on podien veure el llac. El sostre gotejava i van poder apreciar la forma circular del llac, un cercle lluminós d'uns cent metres de diàmetre. Van observar que la part central de la massa d'aigua era més fosca i verdosa que les parts perifèriques. A les roques del voltant del llac i a les ribes la bioluminescència era més intensa. Des d'on eren veien l'aigua que vibrava i desprenia fogonades de tonalitat turquesa.

—Així doncs, és probable que ara estiguem en un nivell superior, uns set-cents o vuit-cents metres per sobre del territori d'Hidropònia. —La Zoe va trencar el silenci i va fer un gest amb la mà per indicar que havien ascendit.

—Això és impossible —l'Edgar va negar amb el cap—. Hauríem d'haver recorregut més de tres-cents quilòmetres.

—Aquesta és la distància pels passadissos coneguts, des d'Edàfia fins a Hidropònia, però estem seguint un trajecte completament diferent del que hi ha als mapes. —El Lucas va posar una mà sobre la superfície esfèrica del Rubik.

—Tot això sembla increïble. Ho he d'escriure, ara mateix ho he d'explicar a algun lloc —va dir l'Edgar, que s'acabava d'asseure al costat del Rubik i tot aprofitant la seva claror havia tret el quadern.

Van continuar tots al promontori contemplant l'espectacle. L'Edgar encara no havia acabat d'escriure un full quan la Zoe va distingir un punt fosc en un dels extrems del llac.

—Allà, on acaba la bioluminescència —va apuntar amb el dit perquè tots ho veiessin—. Sembla que hi ha un túnel.

M'he assegut al costat del Rubik, per aprofitar-ne la claror, però aquest cop crec que podria escriure sense ell: som a pocs metres d'un llac amb aigua que desprèn llum! Ja no me n'amago. No m'importa que em vegin escriure.

La Zoe diu que l'aigua fa llum perquè hi ha uns bacteris bioluminescents, uns microbis que no veiem. Potser a cada gota d'aigua n'hi ha milions. Costa de creure.

Ens hem banyat tots al llac lluminós i hem estat una bona estona jugant amb l'aigua, despullats, i mentre ho fèiem semblava que de la superfície sorgissin flames d'un foc verd que ens hipnotitzava. El Lucas, l'Izan i jo ens hem intentat acostar a les noies, però elles reien i ens evitaven, no paraven de jugar amb el Draco i ens esquitxaven. Feien més cas del gos que de nosaltres!

No sé si ha estat pels bacteris, per la llum o per la temperatura de l'aigua —més freda que la de l'altre llac— que el bany m'ha deixat nou, perfecte. M'ha desaparegut el cansament i els peus ja no em fan mal.

La ferida de l'Elna crec que ha empitjorat. Durant el bany m'ha semblat que ella revifava, ha rigut i s'ho ha passat bé. Després, fora del llac, li he tocat el front. Té febre, però ella continua sense queixar-se.

El llac té un encís especial, un poder captivador que no sé explicar.

Ara mateix la Zoe acaba de veure un túnel a l'altra banda, on acaba l'aigua. Tots van cap allà, menys el Rubik, que espera que acabi d'escriure. Començo a preguntar-me si aquesta màquina és capaç d'aprendre. Crec que ens deu quedar poc, que ja estem arribant on el Rubik ens du.

16

Operació Čapek

 La declaració d'estat d'alerta va aturar durant unes quantes hores les celebracions del Dia del Talp. Els mitjans de comunicació van justificar-ho per la presència d'un escamot fonamentalista hidroponès, un grup religiós que tenia la intenció de fer esclatar un explosiu durant el concert. Fins i tot van detenir tres fanàtics neptunistes com a presumptes instigadors de l'atemptat. A Hidropònia, després de la guerra, va sorgir el moviment religiós neptunista, basat en antics manuscrits que parlaven d'un món inundat per les aigües, una apocalipsi en què Posidó —el déu del Trident, en contraposició al de la Pala— guià la humanitat fins a les profunditats de la Terra per les galeries que el Totpoderós creà. La incursió dels neptunistes a la Fira es va confirmar amb la presència dels guardians de la Santa Pala —enemics irreconciliables dels neptunistes—, que no havia passat inadvertida a centenars de visitants de la Fira. La mentida va funcionar a la perfecció en un estat com Talpònia, acostumat a fer servir cortines de fum per amagar els conflictes reals.

L'Eva Edenson havia tornat a Edàfia, i des de l'edifici de la seu del Govern, on vivia, havia estat informada d'alguns progressos de l'Operació Čapek. Quan va rebre el comunicat que havien trobat el professor Enzo Brigs, convocà amb urgència una reunió d'alta prioritat a la seu del govern. A la reunió havia requerit la compareixença del general Melgar i el patriarca Gorg. No hi era el capità Ilych, que encara es trobava en territori hidroponès.

Quan la presidenta va entrar a la sala de reunions, el general i el patriarca ocupaven els seus llocs. Estaven en silenci, ignorant-se l'un a l'altre. Edenson estudià l'esguard dels dos homes. De seguida s'adonà que l'Ivo Gorg estava demacrat i taciturn. La seva pell sense pigmentació havia arribat a la pal·lidesa extrema. El general, que sostenia un dispositiu audiovisual entre les mans, conservava el seu aspecte impertorbable i sever.

La presidenta tirà pel dret, sense preàmbuls.

—Informin-me, ara mateix, de tot el que he de saber de l'Operació.

El general va girar-se cap al patriarca, que ni tan sols es dignà a mirar-lo. El líder religiós tenia els seus ulls rosats fixos en la imatge d'or de la Santa Pala. No estava disposat a ser el primer a parlar.

—Vam localitzar Brigs en un forat a Hidropònia, tot indica que era el lloc on havia viscut anys enrere —digué, lacònicament, el militar.

—Així, finalment, van poder capturar el professor Enzo Brigs?

—Ens vam equivocar amb ell —va admetre el general—, ens va enganyar amb una estratègia ben calculada.

L'Eva Edenson va escrutar el rostre del Jacob Melgar i amb la cua d'ull va veure que l'Ivo Gorg, per primer cop, el mirava i feia un gest de menyspreu.

—Què vol dir que ens va enganyar? De quina estratègia parla? —va demanar ella.

—Va escampar pistes falses per atreure la nostra atenció sobre ell.

—Expliqui's millor, general.

—Va fabricar un geolocalitzador que simulava el primer que vam detectar, el d'un robot... i ens va fer seguir-lo per tot el territori fronterer d'Edàfia amb Hidropònia. —El general Melgar va separar les mans.— Un terreny on els nostres agents van haver de moure's amb peus de plom per no provocar un conflicte diplomàtic.

—Potser era prou important per cursar una ordre interestatal —Edenson va protestar—. Per què no se'm va informar?

El militar va tornar a fitar el patriarca amb una duresa que no va passar desapercebuda a la presidenta. Però el vell albí va continuar amb la boca segellada.

—No ens va semblar necessari molestar-la amb detalls superflus, volíem informar-la quan l'Operació hagués conclòs. Vostè va parlar a Talpònia amb el capità Ilych, que la devia informar de primera mà. Fins i tot tinc entès que va estar a punt de traslladar-se a Hidropònia per si capturàvem Brigs —precisà, amb un gest irònic, el general—. Cada vegada el cercle es tancava més, vam estar a punt de capturar-lo en dues ocasions sense la necessitat de cap intervenció estrangera.

—Acabi d'explicar-ho —s'impacientà Edenson.

El militar va engegar l'aparell que duia i va mostrar un mapa:

—Brigs va fer una maniobra de distracció. Va concentrar la nostra atenció sobre ell, mentre el vertader objectiu es movia lluny, a quilòmetres de distància. Mentre Brigs ens conduïa a Hidropònia, on pensàvem que tenia el robot, aquest era a la frontera amb Talpònia. El robot és en mans d'uns adolescents. Alguns són estudiants de Brigs.

—Adolescents... i encara el tenen? —L'Eva Edenson no va poder evitar un gest de perplexitat.

El general prosseguí:

—Brigs es va desfer de l'intercomunicador en un estadi de catxbol i va simular un geolocalitzador fals del robot que ens va dur fins al seu forat. La doble trampa va fer fracassar l'operació.

—Potser van infravalorar-lo —li va retreure la presidenta, que tornà a mirar de reüll el patriarca—. El van detenir? O potser el van fer desaparèixer? —va imprimir un deix sarcàstic al terme.

El general Jacob Melgar va mostrar les imatges enregistrades per un dels agents que va participar en l'assalt al forat on van trobar el professor:

—El vam localitzar en un forat d'un barri proper a la frontera. —El general va donar el dispositiu a la presidenta perquè pogués veure la gravació.

La presidenta no va poder dissimular l'angúnia que li feien les imatges.

—Quan el vam trobar feia poca estona que era mort. S'havia empassat gairebé un pot sencer de píndoles de virtualina.

—Podria haver continuat enganyant-nos fins i tot després de morir? —va preguntar l'Eva Edenson.

—Sí, podria haver continuat fins i tot després de llevar-se la vida —va admetre el general posant-se un dit a la cicatriu de la galta.

La presidenta va moure el cap de banda a banda lentament. Volia saber una cosa que l'havia encuriosida des del principi:

—Per què van anomenar aquesta missió Operació Čapek?

—Karel Čapek va viure fa cinc-cents anys, al món antic. Escrivia novel·les i va inventar-se la paraula «robot», que en una llengua antiga significava 'treball' —va explicar el militar.

La veu del patriarca va irrompre en la conversa:

—Čapek era un sacríleg, un inventor pervers d'històries, un home amb idees que emmalaltien altres ments. —El patriarca va redreçar el seu cos estrafet a la cadira i va respirar fondo abans de continuar:— No tenen la més remota idea sobre què ens hi estem jugant. —Va mastegar lentament les paraules amb una veu gutural que mai abans no li havien sentit.— No saben amb qui estem lluitant. —El rostre blanquíssim va adquirir, en un instant, una força imprevista.— Oblidin per un moment qui soc, i quines són les meves conviccions més profundes. —Tot seguit mirà fixament la presidenta.— Ens trobem en una situació que pot acabar amb el nostre món. Aquests joves i el robot mai no han d'arribar a Gaia.

La paraula tabú va colpejar la presidenta amb una contundència que va fer inclinar el seu cos cap al respatller de la cadira.

—Hi poden arribar? —interrogà ella.

El patriarca es va alçar de la cadira. No estava encorbat, com sempre l'havien vist, i aparentava ser més alt del que realment era. Les escletxes de sang que tenia per ulls, les galtes xuclades, el crani calb i els llavis esquerdats n'accentuaven encara més la pal·lidesa. Va mirar durant uns segons la imatge de la Santa Pala i tot seguit va posar els punys sobre la taula, recolzant tot el seu pes sobre la superfície negra d'obsidiana. Els va sermonejar que havien menystingut Brigs, que ells ja l'havien investigat temps enrere i sabien que era un individu intel·ligent i perillós. Els va explicar que havia encarregat la captura del robot als vint millors homes de la Guàrdia de la Santa Pala, soldats que estaven disposats a morir per ell i per la Pala. Els va explicar que el robot era en mans de sis adolescents i que els seus homes tenien ordres de destruir el robot i d'acabar amb ells, si feia falta.

L'Eva Edenson va pronunciar en veu inaudible «sis adolescents...», però no li va fer ni un retret per haver organitzat una missió paral·lela a la del Ministeri sense el seu vistiplau. Va esperar que el patriarca respirés més assossegadament i li demanà fins on havien arribat els seus homes:

—Els herois de la Santa Pala van seguir els passos dels nois per galeries i passadissos desconeguts. Van arribar a veure el robot, un ésser diabòlic, esfèric i lluminós. —Va fer una ganyota de fàstic, va separar els braços i va fer un cercle per representar la mida del Rubik. Les venes que li solcaven el crani s'accentuaven amb la pal·lidesa de la pell.— Només dos dels meus homes han pogut tornar: un es va ofegar en un llac del laberint i els altres disset probablement han mort de gana, extraviats dins la negror dels passadissos remots que hi ha per sobre d'Hidropònia. Els estic parlant de divuit màrtirs.

La presidenta abaixà el cap uns quants segons i preguntà:

—On creu que són ara els adolescents i el robot?

Abans que l'Ivo Gorg respongués, va intervenir el general:

—Mai no han d'arribar a conèixer què fem amb les dones després de tenir un fill, mai no han de saber per què les lliurem... —El patriarca el va fer callar amb un gest sec de la mà sense mirar-lo.

—Ara només ens queda resar, resar dia i nit al Totpoderós i a la Santa Pala perquè no ho aconsegueixin.

—On creu que són, ara? —insistí Edenson.

—En aquests moments el robot i sis marrecs adolescents, o els que hagin sobreviscut a la travessia, deuen ser a la galeria del laberint que condueix a la llum de Gaia —el patriarca tornà a pronunciar la paraula prohibida. Es va alçar i va sortir de la sala.

17

Els animals voladors

El passadís que partia des del llac bioluminescent els recordava els tubs de lava que havien estudiat a la Magister VII. El Rubik avançava a un bon ritme, massa ràpidament perquè tots el poguessin seguir. El Lucas, amb els peus ferits, en aquell terreny tan irregular caminava coix. L'Elna també avançava amb dificultat. Tots dos es quedaven endarrerits; l'Edgar, amb l'únic frontal amb llum que els quedava, anava al costat d'ells, els il·luminava el camí i els animava constantment.

Feia més d'un dia que no menjaven i havien hagut de racionar l'aigua. A mesura que avançaven l'entorn anava canviant. El paisatge del passadís era menys obscur, les roques tenien una coloració bruna, un aspecte menys dens, menys compacte, com si l'erosió les hagués transformades. Van arribar a un replà on el grup es va poder reunificar. En un extrem s'obrien tres túnels estrets. Es van aturar a descansar, però el Rubik continuava rodant, sense parar.

—És com si el robot tingués pressa per fer-nos arribar a algun lloc... —La Zoe va posar una mà sobre l'esfera, que es movia tot rodant endavant i enrere mentre el grup s'havia aturat. El Rubik deixava anar una llum grogosa que convertia el borrissol roig dels cabells de la Zoe en una bola ataronjada.

—No ens queda menjar i necessitem aigua —va lamentar el Lucas. Ell i la Duna havien intentat, sense èxit, trobar a la superfície del Rubik un mapa que indiqués el lloc on eren—. No podrem aguantar gaire més...

L'Edgar va observar de reüll l'Elna, que recolzava l'esquena a les roques amb una mà sobre l'avantbraç. No gosava preguntar-li com es trobava.

Tot d'un plegat, el Draco va alçar la cua, va bordar i va començar a ensumar a terra. La Duna va intentar tranquil·litzar-lo, però l'animal va sortir esperitat i es va endinsar a la foscor d'un dels petits túnels.

—Draco, torna! —ordenà ella.

Al cap de cinc minuts, amb la claror grogosa del Rubik, van veure aparèixer el Draco al forat del túnel per on havia desaparegut. Duia alguna cosa a la boca. El gos s'acostà a la Duna i deixà anar el que duia entre les dents als peus de la noia.

—Són talps! —va exclamar l'Izan—. Menjar del bo!

La Duna, atònita, observava tres talps negríssims que el Draco havia capturat. El gos caçador es va ficar en un altre túnel. Al cap d'una estona va tornar amb dos talps més. El gos va ficar-se en un dels túnels i va fer dos viatges més. En total va caçar nou talps.

Mentre l'Izan espellava i treia les vísceres dels animals, l'Edgar va encendre foc amb el petit encenedor que duia; va haver d'iniciar la flama, a contracor, amb dos fulls blancs que va arrencar del seu quadern. Amb estripalls de roba bruta, la mateixa pell dels talps i un parell de sabates destrossades que no havia llençat va aconseguir fer prou caliu per cuinar els talps. Un de sencer va ser per al Draco, els altres se'ls van repartir. Van beure's també tota l'aigua que els quedava; si hi havia talps, si hi havia vida als passadissos per on transitaven, hi havia d'haver també aigua.

Poc després de reprendre la marxa, l'Elna va descobrir una roca del sostre que gotejava. Al costat n'hi havia d'altres. Van reomplir les cantimplores amb el líquid cristal·lí. On vivien era difícil trobar llocs on l'aigua sorgís de les roques. A Edàfia l'aigua era escassa i havien d'optimitzar-ne el cicle.

Van arribar fins a una galeria ampla, feta de roques clares de tacte rugós. Va ser allà on van veure una gran conducció encastada a les roques de la paret. Era un tub metàl·lic que devia tenir un metre de diàmetre.

—Què deu ser això? —va preguntar la Duna posant, temorosa, una mà sobre el gran tub.

—Ni idea, no havia vist mai res semblant... —L'Izan va colpejar lleument el tub amb una pedra. Va posar-hi l'orella.— És compacte, però és buit per dins.

—He vist tubs com aquest al districte on visc, prop de les centrals geotèrmiques —va dir el Lucas.

—Jo també n'he vist un de semblant. —Era la Zoe la que parlava.— Hi ha una gran canonada com aquesta que passa pel costat del mur de la granja de talps, prop d'on vivim. No l'has vista mai, Izan?

El noi, que encara tenia l'orella encastada al tub, va negar amb el cap.

—Escolteu —va dir.

Els sis van posar-hi l'orella.

—Sembla el soroll que fa el vent quan comença el període de foscor —va assegurar el Lucas.

L'Edgar va encongir les espatlles.

—Fixeu-vos, el robot ens porta per una galeria que s'allunya del tub. Seguim-lo.

El Rubik s'havia aturat davant una bifurcació del passadís i indicava la galeria més estreta, que ascendia amb una lleugera pujada; només entrar-hi van notar un corrent d'aire fred.

—Aquest aire... fa una olor especial, la sentiu? —La Zoe omplia d'aire els pulmons amb els narius dilatats.— M'encanta.

Ningú no va dir res sobre l'olor de l'aire, només l'Elna va moure el cap amunt i avall, amb els ulls tancats, com si ella també l'hagués percebuda.

Van continuar ascendint. El paisatge de la galeria, il·luminat per la llum grogosa del Rubik, havia adquirit una bellesa estranya. Les roques del sostre eren diferents de tot el que coneixien. Algunes tenien forma punxeguda, cònica. La major part de les punxes que naixien del sostre els arribaven a l'alçada del cap i gotejaven. Tenien una superfície roma, suau i relliscosa. Van arribar a un espai amb incomptables punxes, algunes s'havien convertit en columnes de dos o tres metres que anaven des del sostre fins al terra, on s'eixamplaven, com si les roques s'haguessin fos i s'haguessin unit de dalt a baix. El Rubik rodava fent corbes caprícioses entre les columnes, el terra era rocós i humit i havien d'anar amb compte de no relliscar.

—Això sortia als contes que m'explicava l'avi! —va dir la Zoe assenyalant les columnes i les punxes de la galeria.

—Els contes de la llum pura? —va preguntar la Duna.

La Zoe va afirmar amb el cap.

Després de caminar durant més d'una hora, la galeria es va estrènyer i van trobar un passadís a mà dreta que duia fins a una gruta fosca.

—Descansem aquí, no puc més —va demanar el Lucas.

Van entrar-hi. L'espai semblava confortable, era menys humit que la galeria i estava protegit del corrent d'aire. Tot era fosc. El Rubik va entrar-hi rere d'ells. La seva presència va il·luminar l'espai i llavors van observar un fet insòlit: centenars d'ombres movent-se a gran velocitat per tota la cúpula de la caverna.

—Són ratpenats! —va exclamar la Zoe.

—Pensava que s'havien extingit... només els havia vist als reportatges, a l'escola —va dir la Duna, mentre lligava el Draco a la corretja perquè no corregués rere els animals voladors.

—Són com talps, però amb ales —va comentar l'Izan.

El Rubik va abaixar la intensitat de la llum i la caverna va quedar en penombra. Els ratpenats es van calmar i es van anar aturant, tenyint de negre la superfície rocosa de la gruta. L'Edgar observava fascinat com els animals replegaven les ales en el moment d'aterrar a les roques i s'hi quedaven arrapats.

El Lucas va ser el primer a asseure's i de seguida es quedà adormit. Els altres el van imitar. L'Edgar va ajupir-se al costat de l'Elna. Li va tocar el front. Bullia, però ella va somriure. Amb la llum que emetia el robot, la seva mirada rosada va adquirir un aspecte inquietant. Semblava que la noia volia dir-li alguna cosa, però dels seus llavis no va sortir ni una queixa, ni un lament. El noi li va destapar la lesió al braç i quan la va veure es va estremir, però va dissimular la impressió que li havia fet observar-la. La pell sense pigment de la noia estava envermellida i inflada al voltant de la ferida, de la qual sorgia una secreció purulenta i grogosa. Va canviar l'embenat amb una gasa nova que duia a la motxilla i va obligar la noia a beure aigua. Va posar els llavis sobre el front ardent d'ella i el va besar. Tot seguit la va abraçar, va ser una abraçada llarga, intensa, en la qual l'Edgar va intentar transmetre-li la força que ell encara tenia. La Duna, a prop d'ells, dormia.

L'Edgar va agafar el quadern de tapes de pell de talp. Va seure al costat del Rubik i amb la poca llum que emetia va escriure poc més d'una pàgina. Es quedà adormit sota milers de ratpenats que penjaven del sostre de la caverna.

Mai no havia trobat tan deliciosa la carn de talp. Ara m'adono de l'encert de dur el Draco amb nosaltres!..., però no vull dir-ho a la Duna. Teníem tanta gana!

Si el Rubik fos un ésser viu en lloc d'una màquina, jo diria que està ansiós, que té moltes ganes d'arribar al lloc on ens guia.

La Duna ha intentat escriure alguna ordre de codi robòtic per aconseguir la localització o algun mapa que ens indiqui on som. És la primera vegada que ho ha intentat des que vam sortir d'Edàfia, però no ho ha pogut fer. És com si el professor Brigs hagués deixat bloquejat el sistema de comunicació amb el Rubik el dia que va manipular el robot perquè ningú no en pogués canviar res. Estic segur que ho va fer per protegir-nos.

M'han impressionat els animals voladors en la foscor. N'havia sentit a parlar, però no sabia que existien al nostre món..., de tota manera qui sap si aquest ja no és el nostre món.

Estem rendits, hem hagut de parar a descansar i el Lucas acaba de caure rodó. Dorm. Té els peus destrossats, s'ha de recuperar per poder continuar una mica més perquè crec que ens deu faltar poc per arribar a aquest lloc on el Rubik ens porta. La ferida de l'Elna no ha millorat, té molt mal aspecte. Crec que està infectada. No se m'acut què podem fer. Només animar-la i donar-li les forces que ens quedin per arribar on sigui que ens du el Rubik.

Necessito descansar, dormir, encara que només siguin dues o tres hores... o menys.

18

El cercle blanc

L'Elna va ser la primera a despertar-se. La claror del Rubik il·luminava prou la gruta per veure que no hi havia cap ratpenat. Amb prou feines havien dormit.

—Han començat a volar i han abandonat la cova... El Rubik s'ha encès en el moment que marxaven —va dir l'Elna amb una veu apagada.

—Com et trobes? —li preguntà l'Edgar.

—Millor —mentí ella.

El robot rodava amunt i vall, semblava com si els animés a prosseguir la marxa.

—Tinc molta son, no dec haver dormit ni dues hores —protestà l'Izan.

—Continuem dormint —va proposar la Zoe—. A més, sort que aquelles bèsties fastigoses ja han marxat.

El Lucas encara dormia.

El Rubik va sortir de la cova i va començar a rodar per una galeria estreta que ascendia suaument.

—Que se'n va, que ens deixa! —va alertar-los la Duna, que havia reaccionat abans que ningú—. Hem de continuar. Si ens indica que ho fem és perquè deu ser important.

L'Edgar i el Draco van córrer rere el robot i el noi va tocar l'esfera, com si amb el gest li manés aturar-se. El Rubik, efectivament, es va aturar i a la seva superfície va aparèixer una nova imatge.

—Un mapa! El Rubik ens mostra un altre mapa!

Pocs segons després tots sis estaven al voltant del robot, intentant desxifrar allò que s'havia format a la superfície esfèrica.

—No ho entenc, aquí tornen a sortir aquells nombres amb les lletres, la E i la N. —La Zoe es va refregar els ulls per veure-ho millor.— Què deuen voler dir aquestes lletres?

—Fixeu-vos: just on apareixen els nombres i les lletres el camí passa de ser fosc a ser blanc... Què deu voler dir? —El Lucas es mirava el mapa del dret i del revés.— Crec que només ens queden tres quilòmetres de camí fosc.

—Ho podran aguantar, els teus peus? —va dir la Duna, que havia posat una mà sobre l'espatlla del noi.

—Aguantaran el que calgui per acabar la travessia... si és que algun cop s'acaba. —El noi va posar un dit on començava el camí que refulgia.

La Duna es va acostar dissimuladament a l'Elna i li va passar un braç per la cintura. La va mirar, li va dedicar el millor somriure que tenia i va xiuxiuejar unes paraules a cau d'orella de la seva amiga. L'Elna, que tenia una mà sobre la ferida de l'avantbraç, va moure el cap amunt i avall; els seus cabells de plata van oscil·lar graciosament i va semblar que somreia.

El Rubik va començar a rodar. La galeria es feia més estreta i de les roques del sostre ja no penjaven agulles de pedra, però tots van poder percebre una flaire d'humitat, com la dels fongs que es conreaven a Hidropònia. El Rubik il·luminava el camí amb una llum blanca i el passadís s'estrenyia encara més. Al sostre s'obrien escletxes negres i als marges del camí també hi havia esquerdes, forats foscos per on udolava l'aire.

—Molt de compte! Aquests forats sembla que no tinguin fons —va advertir l'Edgar, que anava davant, rere el Rubik.

Duien una bona estona caminant i el corrent d'aire cada cop era més intens i fred. L'aire els coïa al pit quan entrava als pulmons.

El Rubik es va aturar al final la galeria, al costat d'un esvoranc que s'obria rere unes roques. La llum que emetia el robot es va anar esllanguint fins a convertir-se en una aurèola circular. Els sis van acostar-s'hi. La Duna va haver de calmar el Draco que, de sobte, estava estranyament atemorit. Rere les roques, davant l'esvoranc negre que semblava no tenir fons, s'obria una escletxa, aproximadament de mig metre d'ample, per la qual arribava una claror difusa. Un feix de llum verda i intermitent sorgí del Rubik cap a l'escletxa.

L'aire udolava a través de l'obertura. Després de travessar-la hi havia un canal circular de menys d'un metre de diàmetre; si volien anar cap al lloc d'on procedia la llum, haurien de passar arrossegant-se. El Rubik va començar a rodolar sense dificultat, però tots van haver d'avançar sobre genolls, colzes i turmells. Cada vegada que obrien la boca, inhalaven glopades d'aire fred. Tot d'una, el canal s'eixamplà i adquirí una inclinació ascendent; gairebé havien de grimpar per la paret del canal. Davant d'ells, el robot ascendia descrivint una espiral per les parets del pas. Va ser llavors quan l'Izan, que anava davant, va veure uns punts lluminosos que tenien just a sobre.

—Ja es veu el sostre! I mireu, està ple de cuques de llum!

Hi havia centenars de punts lluminosos que refulgien, com les cuques de llum que cada any s'instal·laven al sostre dels passadissos més concorreguts d'Edàfia durant la celebració anual del Dia dels Excavadors.

Van continuar ascendint. L'escletxa es va eixamplar i la visió de les llums va fer-se més clara, més ampla: ja no eren centenars de punts lluminosos, eren milers d'esclats brillants de diferent mida que il·luminaven la cúpula que els cobria. La claror difusa dels punts brillants gairebé els permetia veure's les cares.

—És meravellós! No entenc com poden haver-hi tantes cuques de llum! —exclamà, admirat, l'Edgar.

—Són estranyes, fixeu-vos-hi. —La Duna mirava cap a dalt.— N'hi ha tantes...

—No són cuques de llum —va dir l'Elna amb una veu gairebé inaudible—. Brillen. S'encenen i s'apaguen, no són com les cuques de llum.

El pas continuava i s'eixamplava. Una ventada els va bufetejar el rostre. Quan van arribar al final, mirant cap a dalt, van veure un cercle blanc i lluminós. Era com una bola de llum intensa enmig de la negror. Mirar-la directament gairebé els feria els ulls.

Ningú no va trobar cap paraula per descriure-ho. Van deixar de distingir les petites llums brillants, que van quedar eclipsades per la llum de la bola blanca que refulgia dalt la cúpula, una cúpula negra enorme, inabastable, als extrems de la qual van tornar a distingir milers de punts brillants de diferents mides i intensitat.

L'Izan va agafar una pedra del terra i la tirà cap a dalt amb totes les seves forces. No van sentir que xoqués contra el sostre, però al cap d'uns segons van sentir que la pedra queia a terra, a pocs metres d'on eren.

—On és el sostre?

—No hi ha cap sostre —assegurà l'Elna—. Hem trobat la llum. —Va pronunciar aquestes paraules i va recolzar tot el seu pes sobre l'Edgar, enfebrada, al límit de les seves forces.

Van continuar caminant sota aquella cúpula fosca infinitament gran, presidida pel cercle blanc lluminós, foradada per milers de punts brillants. L'Elna anava entre la Duna i l'Edgar. Gairebé la duien entre els dos. El Rubik, que havia tornat a emetre una llum molt tènue, verdosa, els guiava. Feia fred, i van veure les parets rocoses d'una gruta. El robot els en mostrà l'entrada.

Necessitaven descansar, dormir.

L'Edgar va ajudar a entrar l'Elna, que gairebé no podia sostenir-se per si sola. La noia s'estirà a terra i ell ho va fer al seu costat; no va tenir esma per obrir la motxilla, ni per treure el quadern. Des d'on era veia l'entrada de la gruta i un extrem de la cúpula clavetejada per milers de punts brillants que formaven una banda ampla, com un camí de llum lletosa. S'adormí amb les paraules de l'Elna, que no paraven de ressonar-li al cap: «No hi ha cap sostre... Hem trobat la llum».

Llibre tercer

Gaia

Because the world is round it turns me on
Because the world is round...
Because the wind is high it blows my mind
Because the wind is high...
Love is old, love is new
Love is all, love is you
Because the sky is blue, it makes me cry
Because the sky is blue...

Lennon & McCartney
Because
1969

19

El cercle roig

La Duna va passejar els ulls pels companys, que dormien gairebé enroscats els uns amb els altres per combatre el fred. S'alçà i acaricià el Draco. El Rubik era al llindar de l'entrada de la cova, per on penetrava una llum vermellosa. Quan s'hi acostà, el vent la va fer recular. Observà, fascinada, un cercle roig que tenyia de taronja i vermell la cúpula immensa que els cobria. Va buscar el cercle blanc de llum que havien vist en aquell sostre, abans negre, i també els punts brillants, però no els trobà. A l'altra banda de la cúpula va distingir una estructura metàl·lica, grisa i llunyana, com un anell gegantí suspès a l'aire. Li va recordar un dels ventiladors enormes que renovaven l'aire als túnels d'Edàfia durant la nit, quan començava el període de foscor.

Va tornar a mirar la cúpula que els cobria i, de sobte, va veure unes ombres que van passar molt a prop d'on era. Semblaven ratpenats, els animals voladors que havien vist a la gruta, però aquests eren més grossos i no volaven erràticament. Un dels animals va aturar-se en una roca a pocs metres d'ella. Estava cobert per un teixit flonjo, acolorit i tenia els ulls vius i negres. La boca consistia en una sola dent cònica. Les potes, gràcils, acabaven en uns ditets proveïts d'urpes. Tot d'una, la bestiola va obrir la boca, va reprendre el vol i va emetre un xiulet que la sobresaltà. Prop d'on s'havia aturat, va veure unes estructures amb tiges llenyoses, de capçada verda, que li van recordar algunes de les escultures que decoraven el palau presidencial d'Edàfia.

Estava distreta, observant aquell paisatge extraordinari, quan va adonar-se que el Rubik vibrava i que mitja esfera emetia una llum roja i intermitent. Va advertir, també, que el Draco estava inquiet: tenia la cua entre les potes i movia el musell amunt i avall, com si ensumés l'aire i detectés algun perill. La Duna va intentar tranquil·litzar-lo, però el gos va fer un lladruc i va despertar els companys.

—Què, què passa? —va preguntar l'Edgar, desorientat, incorporant-se sobre els genolls i posant-se dret d'un salt. Quan el noi va veure la bola roja que despuntava al final de la cúpula amb una vermellor tan intensa no va poder reprimir l'exclamació:— Foc!

—No és foc —assegurà la Duna, per calmar-lo més que per contradir-lo.

—I aquest anell gris? —preguntà el Lucas, des de terra, assenyalant amb un dit l'estructura enorme a l'aire.

La Duna encongí les espatlles.

El Draco cada cop estava més alterat i ella no parava d'acariciar-li les orelles.

—El gos ha ensumat alguna cosa. El robot vibra i s'encén i s'apaga. —La noia es va posar les mans als malucs.— No m'agrada.

L'Izan observava el paisatge i semblava haver emmudit. La Zoe es va acostar al grup.

—L'Elna ha empitjorat i no es pot llevar. —Es va passar els dits pels cabells pèl-rojos, curtíssims.— Té la ferida molt lletja i bull de febre.

L'Edgar es va acostar a l'Elna. Li va posar la mà al front. Tenia molta febre i tremolava. La ferida tenia mal aspecte i el braç estava inflat. Li va fer beure aigua, es va treure la parca que duia i la va tapar. Li va xiuxiuejar alguna cosa a cau d'orella. Ella va assentir amb el cap i va intentar somriure.

La bola de llum havia virat a una coloració ataronjada. Cada vegada era més gran i la tonalitat de la cúpula que els cobria s'havia transformat del gris a un blau pàllid que s'envermellia en franges a prop de la bola de llum. La visibilitat augmentava de mica en mica, com quan començava un període de llum a Edàfia. La gran estructura suspesa, que recordava un anell, es veia amb més claredat. Al final de la cúpula, lluny, hi havia un perfil fosc i irregular.

La cova era en una zona elevada, i en la direcció cap on el gos ensumava l'aire van poder distingir dues taques fosques que avançaven ràpidament arran de terra. Eren dos animals que corrien entre les roques, esquivant els troncs i la verdor amb agilitat. El que anava davant era negre. El Draco va tornar a bordar.

—Són gossos i semblen agressius —va dir la Zoe.

—Mireu! —va exclamar l'Izan amb un dit que apuntava cap a unes roques.

A pocs metres dels dos animals en van veure d'altres que corrien junts. La claror els permetia distingir-los amb claredat. Van comptar-ne set. Eren grossos, forts i avançaven amb rapidesa cap a la cova, aviat formarien un únic grup.

Eren a menys de trenta metres, i tot d'una el Draco es va esmunyir dels braços de la Duna. Corria, bordant, a l'encontre de la canilla, que s'havia convertit en una pinya de nou feres que avançava cap a ells. La Duna va cridar el seu gos perquè tornés, però el Draco la desobeí i continuà la seva cursa desenfrenada. Anava directe cap a l'animal que encapçalava el grup.

—Agafeu pedres i tot el que tingueu a mà! —va cridar l'Edgar, que acabava d'agafar una branca seca de terra amb una mà i un roc cantellut amb l'altra.

Van poder veure perfectament com el Draco saltava cap a l'animal fosc que anava davant. El gos de la Duna havia fallat l'escomesa per pocs centímetres. L'altre animal, que havia frenat bruscament la cursa, es va girar, es va alçar sobre les potes del darrere i s'abraonà contra el gos talper. La bèstia clavava els ullals una vegada rere l'altra a la pell blanca del Draco, que s'anava tenyint de roig. El gos udolava llastimosament cada vegada que la fera l'envestia amb la boca oberta i l'esquinçava amb els ullals. L'Edgar va haver d'agafar la Duna perquè no comencés a córrer cap al lloc on es lliurava el combat desigual. Les altres feres havien rodejat els dos animals mentre lluitaven; la canilla no intervenia en el combat. Tot d'una, l'Izan va agafar una tija llenyosa que hi havia a terra i amb quatre gambades s'hi va plantar davant. Va colpejar amb totes les seves forces el llom de l'animal negre que, en aquell precís moment, tenallava amb les dents la tràquea del gos. El pal es va trencar en colpejar la bèstia, però el cop va fer que deixés anar la seva presa. L'Izan, que només tenia una pedra a la mà, de seguida va ser envoltat pels altres vuit animals, que grunyien i exhibien els ullals.

L'Edgar va començar a córrer cap al seu amic, cridant com un foll. Els altres van seguir-lo, també cridant, amb els pals i les pedres a les mans per enfrontar-se a les bèsties.

Davant l'atac inesperat, la canilla va retrocedir uns quants metres, però al cap de pocs segons va tornar a avançar. Esquena contra esquena, assetjats per les feres, els tres nois i les dues noies esperaven l'atac. S'uní al setge el cap de la canilla, que havia abandonat el Draco en un bassal de sang. L'Edgar va poder veure els ulls de la fera, uns iris clars, transparents, que traspuaven una audàcia que no havia vist en cap gos. L'animal tenia les orelles i la cua alçades. Entre els ullals esmolats penjava una llengua que fumejava.

El cor galopava dins el pit de l'Edgar, que es debatia per prendre la millor decisió. Va lamentar no haver agafat una de les pales plegables d'acer que desava a la motxilla, dins la cova. Van passar uns quants segons:

bèsties i humans mesuraven forces. La canilla avançà lentament, reduint el cercle. Llavors, entre els humans i les bèsties va irrompre el Rubik, que girava, vibrava i feia llums intermitents, però els animals no es deixaren intimidar per la màquina. Finalment, l'Edgar va prendre la iniciativa. Va llançar el roc a l'animal negre, però errà el tir. Va agafar de terra el tros de pal, pràcticament inofensiu, que havia fet servir l'Izan, el va brandar amb les dues mans, cridant, mentre feia un pas endavant per intentar intimidar la bèstia. Sabia que els altres animals esperaven que el cap es llancés a l'atac, que aquest seria el senyal per unir-se a la lluita. El cercle que els envoltava es va estrènyer encara més. De cua d'ull, l'Edgar va percebre que la bola de foc acabava de sobrepassar completament la línia de la planúria. Notava la tebiesa de la llum, que ja no era vermella, ni taronja. Mirar-la, fins i tot de reüll, encegava. Tot d'una va pensar en les llegendes de la llum pura, les rondalles que explicava l'avi de la Zoe. Un grunyit sostingut del cap de la canilla li va fer entendre que l'atac era imminent.

De sobte, l'animal negre —el que manava— va llançar un udol agut, va doblegar les cames del davant i es va desplomar, com si un raig d'aquella llum l'hagués ferit mortalment. Dos segons després, un altre animal va udolar de dolor i es rebolcà fins a caure. Va quedar de panxa enlaire i tots van poder veure un pal tenyit de sang, prim i afilat, que li travessava el coll. Els altres set animals van fugir espaordits.

La Duna va córrer fins on hi havia el Draco. El gos tenia ferides profundes i lesions obertes per tot el cos. Tenia un ull rebentat i del ventre, esquinçat, vessaven els budells. L'animal havia perdut molta sang i no li quedava esma ni per grunyir de dolor. La Duna, amb llàgrimes de ràbia i dolor, va acariciar el cap del gos amb les dues mans i va començar a xiuxiuejar-li paraules dolces.

Tot d'un plegat, la noia va notar una mà sobre la seva espatlla. Alçà els ulls i va fer un bot cap enrere: al costat seu hi havia un home completament calb, amb una barba espessa, pèl-roja, i uns ulls extraordinàriament clars, que l'observava. Quan els nois van advertir la presència de l'estrany van tornar a agafar els pals que havien deixat a terra. L'home anava vestit d'una manera curiosa, sense la parca de cuiro que tothom duia a Edàfia; la roba estava feta amb pells d'animals, només els pantalons semblaven de lli, i calçava unes botes negres, altes, també de pell. Quan va alçar les mans en senyal de pau, van veure que duia un pal llarg i corbat, amb una corda tibant lligada a les puntes. Penjat d'una espatlla duia un sarró i de l'altra, un carcaix amb pals que tenien la punta afilada, com la que havia travessat el coll de la fera.

—No us espanteu —va dir amb una veu profunda, amb un accent estrany, que els costava identificar—. Soc Kóvacs, l'Adam Kóvacs. Els llops no tornaran. —Va assenyalar amb el pal corbat els dos animals abatuts.— El vostre gos és un animal valent. —Es va ajupir i va posar una mà sobre el pit del Draco, que encara ascendia i descendia amb un ritme irregular. Es va dirigir a la Duna:

—Vols que l'ajudi a no patir? —va dir amb una veu que posseïa una estranya dolçor.

Ella va comprendre immediatament què volia dir l'home. S'eixugà els ulls amb el dors de la mà i assentí lentament amb el cap.

Quan la Duna va tancar els ulls i va girar la cara, l'home es va ajupir, va treure una petita daga que duia al cinyell i amb un gest precís la va enfonsar rere el coll del gos. El Draco va deixar de patir.

La Duna Barts va enfonsar la cara entre les mans per amagar el dolor. L'Edgar la va envoltar amb els braços. Notava cada sacseig del cos de la noia mentre plorava. «T'hauria d'haver fet cas... i no deixar que el Draco vingués amb nosaltres», «T'hauria d'haver fet cas», no parava de somicar ella, amb la veu entretallada i les llàgrimes que lliscaven per les galtes. A ell li hauria agradat reconèixer que gràcies al Draco havien arribat fins allà, dir-li com els havia defensat dels llops, expressar-li què sentia per ella, però no va ser capaç de pronunciar ni un mot.

Després de posar fi al patiment del gos, l'individu anà fins als altres dos animals. Un, el cap de la canilla, l'havia travessat un pal afilat, que li havia entrat per l'espatlla i li havia arribat fins al cor. Era mort. L'altre agonitzava amb el coll traspassat. L'home s'ajupí i va repetir l'acte de compassió que havia fet amb el Draco.

—Cap animal no mereix patir.

L'home es va plantar davant del Rubik i sota la mirada perplexa dels joves, s'ajupí:

—Us ha salvat —va dir, i va tocar amb la punta del pal corbat la superfície esfèrica del Rubik—. Ens va comunicar on éreu abans de néixer el Sol. —L'home va somriure per primera vegada.— L'Elvex us ha salvat.

—Elvex? Sol? —l'Edgar va pronunciar aquells noms i va girar-se cap a la bola de llum, el Sol, com acabava d'anomenar-la l'home.

Llavors Kóvacs va obrir un sarró que duia penjat de l'espatlla i en va treure sis ulleres fosques. Com les que havien vist que es venien a la Fira del Talp per veure els focs artificials.

—Poseu-vos això als ulls i, sobretot, si no voleu perdre la vista no mireu directament el Sol. —L'home va repartir les ulleres.

A l'Edgar li venien al cap desenes de preguntes. Tot era nou, extraordinari. Llavors va recordar l'Elna, que continuava dins la cova.

—On és la noia que falta? —va dir l'home, brandant unes ulleres, com si li hagués llegit el pensament.

—És allà —contestà la Duna amb un braç estès cap a la cova—. Es va fer una ferida al braç, la té infectada i té febre. —I hauria volgut preguntar a l'home per què duia sis ulleres i com sabia que eren sis i que la que faltava era una noia. Van anar fins a la cova. Només entrar-hi, van veure l'Elna, que jeia de costat, tremolant. L'home va deixar el pal corbat i el carcaix a terra i es va agenollar al costat d'ella. Li va dir qui era i li va posar una mà al front. Tot seguit li va explorar la ferida. Va obrir el sarró i en tragué una ampolleta d'un líquid grogós amb el qual netejà la ferida. Els va demanar aigua i va tornar a ficar la mà dins el sarró. D'una petita bossa va treure dues píndoles vermelloses. Les hi va fer empassar. D'un saquet que duia va agafar un grapat de terra i fulles. Va barrejar la terra i les fulles amb aigua entre les mans fins que es formà un fang verdós que desprenia una olor aromàtica, profunda. Amb una frega molt suau, va empastifar el braç de l'Elna des de la mà fins al colze amb aquella barreja.

—Això desinflamarà el braç i et calmarà el dolor —va dir a l'Elna apuntant amb un dit l'avantbraç cobert de fang verdós— i això altre et curarà la infecció, però n'hauràs de prendre unes quantes més. —Va mostrar la bossa d'on havia tret les píndoles.

L'Elna, que continuava tremolant, va tancar els ulls i va esbossar un somriure gairebé imperceptible.

L'home diu que hem d'esperar per acostumar-nos a la llum, que és molt millor que ens movem al capvespre, poc abans que comenci la foscor.

Li hem dit els nostres noms i cognoms i d'on veníem.

És com si haguéssim arribat a un altre món. Tot és nou, és una passada! El cel, el Sol..., sembla tot allò que ens va mostrar el Rubik al meu forat: ens ensenyava el món d'on venia! És increïble que no hi hagi cap sostre que ens cobreixi, que només hi hagi aire, quilòmetres i quilòmetres d'aire per sobre nostre. És la llum pura que deia el professor?

Descansar unes hores també anirà bé, perquè ens ha assegurat que l'Elna estarà millor, i també el Lucas, al qual ha empastifat els peus amb el mateix fang verdós amb què ha fregat el braç de l'Elna. Diu que llavors emprendrem el camí. «Un camí cap a on?», li ha preguntat la Duna. Ell ha somrigut d'una manera que em posa nerviós. «Ja ho veureu». També és estrany l'accent que té, em resulta familiar..., em recorda el parlar que tenen en algunes regions de Talpònia... A veure si l'home ve d'allà? I el Rubik, ara resulta que es diu Elvex!

Les cames encara em tremolen després d'enfrontar-nos a aquells animals ferotges que semblen gossos. El Kóvacs els anomena llops.

Em sap greu la mort del gos de la Duna. Ja sabia que era un animal valent quan va atacar els guardians de la Pala al llac. No sé com puc consolar-la. Quan l'he abraçada li hauria eixugat les llàgrimes amb els llavis i li hauria fet un petó a la boca, però no m'hi he atrevit, potser ella creuria que em vull aprofitar del seu dolor. Jo també estic molt trist pel Draco.

20

L'aigua cau del cel

L'home es va asseure en una roca i va assenyalar amb una mà el raig de llum que entrava a la cova. El Rubik va rodar i es va situar al seu costat. Ell va posar l'altra mà sobre la superfície esfèrica del robot.

—L'Elvex us ha guiat fins aquí, fins a l'exterior. Ha fet coincidir la vostra sortida amb la foscor de la nit. Si haguéssiu arribat ara, probablement us hauríeu quedat cecs. —Va separar la mà del robot i se la va passar pels ulls.

—El Rubik, que tu anomenes Elvex, estava programat per dur-nos fins aquí, oi? —va preguntar la Duna.

L'home es va fregar la barba amb el dors de la mà i va assentir amb el cap.

—Per què? —li va demanar l'Edgar.

—Voleu saber moltes coses..., ja us les explicarem. Heu de tenir paciència. —Va tornar a estendre un braç cap a l'entrada de la cova, cap a l'exterior.— Si sortíssiu en aquest moment, no suportaríeu la llum del Sol, hem de partir més tard i necessitareu uns quants dies per adaptar-vos.

—Dies? —preguntà l'Izan.

—No ho sé... però a ella —va assenyalar amb un dit l'Elna—, com que és albina, li farà falta més temps. D'aquí a unes hores, quan la llum sigui menys intensa, sortirem. És un camí llarg, però com que ella estarà millor podrà fer-lo. La llum de la Lluna ens il·luminarà fins que arribem a un lloc segur per passar la nit.

—Llum de la Lluna? —s'estranyà el Lucas en sentir una nova paraula.

L'Adam Kóvacs va somriure i es va disculpar movent les mans. Aleshores va fer un gest al Rubik perquè se situés entre ell i els joves. El robot va rodar fins on li va manar l'home, el qual agafà dues pedres de terra. Una de gran i una de petita.

—L'Elvex representa el Sol i aquesta pedra —va alçar el roc més gran, que tenia a la mà dreta— és la Terra, a la superfície de la qual som ara. —L'home va esperar uns quants segons amb la mà estesa amb la pedra i continuà:— I aquesta pedreta és la Lluna, la bola blanca que devíeu veure quan vau arribar aquí. —Va situar l'altra mà, amb la qual agafava la pedra petita, al costat de la pedra gran. Aleshores va ordenar al Rubik que enviés un raig de llum cap a les pedres que ell sostenia.

—Vols dir que som en una bola enorme que està suspesa a l'aire i que hi ha una altra bola que ens envia la llum, com ara fa el Rubik? —va preguntar el Lucas amb els ulls molt oberts.

L'home va somriure:

—És més o menys així, encara que us sembli mentida..., i vosaltres veniu d'aquí dins —va dir fent moure la pedra gran.

—Això és impossible! —va protestar l'Izan—. No ho diuen les Escriptures ni l'Església de la Santa Pala.

L'home va encongir les espatlles, ignorà el comentari de l'Izan i continuà:

—Això és la nit, la foscor. —Va fer girar la pedra sobre si mateixa i posà un dit sobre la part fosca, on no hi tocava la llum del robot que feia de Sol.— I això és el dia. —Va moure el dit a la part on arribava el raig i va fer rotar de nou la pedra de manera que la part fosca s'il·luminà i la que havia tingut llum s'enfosquí.

Els tres nois i les tres noies l'observaven fascinats.

—No és possible —va tornar a negar l'Izan.

—Vau arribar de nit i vau veure la Lluna, que ara és plena... però també devíeu veure les estrelles esquitxant la negror del cel.

—Estrelles? Es diuen així els puntets que brillaven? —va intervenir la Zoe.

—Són altres sols, però molt llunyans. N'hi ha milions, centenars de milers de milions, i segur que alguns il·luminen altres mons on també ha sorgit la vida.

L'Izan va negar amb el cap i va somriure.

—Tot això és impossible..., us heu inventat aquestes fantasies per donar explicació a les llums i altres coses que teniu a la cúpula.

L'Adam Kóvacs, resignat, va tornar a encongir les espatlles.

L'Edgar va treure el quadern. Kóvacs li va preguntar què escrivia i van estar conversant una estona sobre la gent que llegeix i escriu a la superfície. Després l'Edgar es va posar a escriure mentre l'home obria la tapa del robot i hi teclejava unes quantes ordres sota la mirada atenta de la Duna.

—Suposo que deveu tenir gana— va dir l'home, que ja havia tancat de nou la superfície del Rubik.

—Molta —va dir l'Izan, posant-se una mà a la panxa.

—La carn de llop és nutritiva —va assegurar.

—No penso menjar res, d'aquestes bèsties! —exclamà la Duna, serrant les dents i fent un gest de negació amb el cap.

—Segur que teniu alguna pala. Hauríeu d'enterrar el vostre gos i cremar els llops, si no voleu que vinguin els voltors a menjar-se'ls. —Ningú no va gosar preguntar què eren els voltors.— Si vosaltres dos voleu venir amb mi... —va proposar a l'Edgar i l'Izan mentre agafava l'arc i es penjava el carcaix d'una espatlla—. No és la millor hora per caçar, però segur que aconseguirem alguna cosa que ens faci passar la gana.

L'home i els dos nois —tots dos amb les ulleres protegint-los els ulls— van sortir de la cova. L'Edgar va notar l'escalfor de la llum a la cara, els braços i les mans. L'aire no corria com al començament del dia.

L'Edgar es va treure les ulleres i va mirar a la banda on no hi havia el Sol. Va veure la cúpula —allò que l'Adam Kóvacs anomenava cel— d'un color blau intens amb taques blanquinoses i difuses. Era com la imatge que els havia projectat el Rubik a la seva cambra, al seu forat, després d'haver-lo trobat.

—Què fas sense les ulleres mirant el cel? Posa-te-les! —el renyà Kóvacs.

—No hi ha sostre...

—És clar que no, com us ho puc explicar? És el cel, l'aire, la llum... i no sempre és tan blau —precisà l'home amb un dit cap al cel—. I allò són núvols..., que estan formats per infinitat de minúscules gotes d'aigua i cristalls de gel suspesos a l'aire, a més de dos mil metres.

—Gotes d'aigua i cristalls de gel a l'aire... —va repetir, incrèdul, l'Izan, que no s'havia perdut res de la conversa.

—I allò de color gris del fons? —l'Edgar tenia moltes preguntes.

—Són muntanyes, milions de tones de roques que s'eleven centenars de metres cap al cel.

Van caminar per una senda amb vegetació baixa, clapejada d'arbustos, mates i algun arbre, éssers vius que els nois veien per primer cop. Kóvacs es va aturar al costat d'un arbust i va començar a collir petites boles morades que penjaven de les branques. Gairebé en va omplir un saquet que duia penjat al cinturó. Tot seguit va agafar unes quantes boletes i les escampà per terra. Va indicar als nois que s'amaguessin rere unes roques i va posar un dit sobre els llavis perquè callessin. Va armar l'arc amb una fletxa i va tensar la corda.

Al cap de pocs segons va aparèixer un animal que ensumava l'aire. Arribà fins on hi havia les boletes i començà a rosegar-ne una. L'Edgar va reconèixer immediatament l'animal. Kóvacs li travessà el coll amb un llançament perfecte.

En vint minuts en va abatre deu.

—Amb això n'hi haurà prou... —va dir l'home.

—Mengeu rates? —va preguntar l'Edgar.

—Fa segles que són l'aliment bàsic dels humans que vivim a la superfície del planeta: el vostre és el talp, el nostre és la rata —va dir l'home mentre lligava les preses amb un cordill i les fixava al carcaix.

Abans d'entrar a la cova, l'Edgar es va treure les ulleres, la llum era tan intensa que va parpellejar de dolor. La Duna acabava de sepultar el Draco sota una pila de pedres. El Lucas i la Zoe havien cremat els dos llops.

Van veure les siluetes de tres grans animals que volaven a gran altitud. Feien cercles a la columna de fum que deixaven anar els cossos dels llops.

—Voltors —va dir Kóvacs mirant cap a dalt—. Quan estan afamats poden arribar a ser més perillosos que els llops. Eviteu-los.

Primer van devorar les mores que havien collit, després van coure els rosegadors i se'ls van menjar. En acabar, l'home va examinar el braç de l'Elna, que estava molt millor. Li va fer prendre dues píndoles més. Tot seguit ordenà a tots que es preparessin per marxar.

Quan van sortir de la cova el Sol començava a caure, però la terra i les roques en conservaven la tebior.

El paisatge i la llum canviaven ràpidament. Per a ells tot era nou. Kóvacs els descrivia els éssers que s'anaven trobant i intentava respondre, amb paciència, totes les preguntes que li feien. Van arribar a un lloc on hi havia una gran quantitat d'arbres amb les capçades sense fulles. Mentre travessaven el bosc, una part del cel va adquirir una tonalitat ataronjada.

L'Elna es movia amb més facilitat. El braç ja no li feia mal, només se sentia cansada. Els peus del Lucas també havien millorat, caminava amb normalitat. El Rubik rodava just rere Kóvacs, com la seva ombra.

El Sol havia tornat a la coloració rogenca que havien vist la primera vegada. Eren prop d'una muntanya massissa, formada per una successió de pics arrodonits, serrats, que s'alçaven verticals. Una banda del cel estava coberta de núvols foscos. Tot d'una van veure una fogonada de llum i al cap de pocs segons van sentir una explosió que els va inquietar. El vent va començar a bufar.

—Arriba una tempesta —digué Kóvacs. I abans que ningú li preguntés res, va explicar en què consistia. —Això són descàrregues elèctriques del cel que provoquen aquest soroll que heu sentit. Probablement farà molt vent i l'aigua dels núvols ens caurà a sobre..., plourà molt.

—L'aigua del cel ens caurà a sobre? —La Duna va mirar cap a dalt, cap als núvols foscos i va capgirar els palmells. Dues gotes grosses van esclafar-se en una de les mans i es va tocar la cara amb la mà mullada.

Una nova descàrrega elèctrica va esquerdar el cel. El tro els va agafar desprevinguts. Els joves es van ajupir espantats. Kóvacs els va tranquil·litzar. Al següent tro, van riure nerviosos.

—Seguiu-me, anirem a una cova on ens podrem protegir de la tempesta.

El xàfec els va enxampar al peu del massís muntanyós. Les gotes inicials s'havien convertit en un aiguat. Els tres nois i les tres noies es miraven entre si, espantats.

—El cel s'està tornant aigua... ens cau al damunt! Ens ofegarem! —va cridar l'Izan.

Kóvacs el va tranquil·litzar. Li va dir que tot sovint plovia i que ningú no s'ofegaria ni el cel li cauria al damunt.

Els llamps il·luminaven el cel i els trons continuaven esclatant, però ja no els feien l'efecte del principi, ja no els espantaven. L'Izan va separar els braços i va obrir la boca per sentir i beure l'aigua que queia del cel. L'Elna i la Duna reien xopes agafades de la mà. La Zoe corria al voltant del Rubik. L'Edgar i el Lucas no paraven de mirar cap a dalt, preguntant-se d'on queia tanta aigua. L'Elna va xiuxiuejar alguna cosa a la Duna i la Zoe i les tres van xisclar i es van posar les mans als pits, sobre els mugrons que ressaltaven sota les samarretes mullades.

Els sis corrien fent cercles, cridant sota la pluja, xops i enjogassats sota la cortina d'aigua. L'Edgar i la Duna van topar en aquella dansa esbojarrada; mullats de cap a peus, els seus cossos es van trobar, els seus dits es van entrellaçar i les seves boques es van unir un instant. Kóvacs els observava, divertit, fins que els va ordenar que el seguissin. Calia trobar aixopluc per resguardar-se de la tempesta, que cada cop era més intensa.

Aviat van trobar la cova. Es van endinsar per un passadís fosc que desembocava a una galeria ampla. El brogit de la pluja es va apaivagar i l'espetec dels trons s'esmorteí fins a fer-se gairebé inaudible. No feia gaire fred, però havien tornat a la foscor, l'obscuritat i els sostres rocosos del seu món. El Rubik va encendre's i inundà la cova amb tonalitats verdoses. Hi havia un gran nombre d'escletxes, alguna paret tenia solcs que recordaven una cabellera despentinada. Hi havia formacions còniques, harmonioses, que naixien del sostre i formaven columnes capricioses, com les que havien vist a les galeries sota terra, encara al seu món, poc abans de sortir a l'exterior.

—Us agrada? —Kóvacs va obrir els braços, com si volgués mostrar-los la galeria.— Passarem la nit aquí; la tempesta no crec que duri gaire.

El Lucas va descobrir centenars de ratpenats que cobrien una part de les roques.

—Millor que no els espantem —va dir Kóvacs—. Són animals nocturns i si la tempesta amaina, sortiran a alimentar-se.

—Dormen quan hi ha llum..., com els talps —va comentar el Lucas sense treure els ulls dels ratpenats.

Kóvacs va obrir una llanterna i va passejar la llum per diferents racons de la cova.

—Quan els humans van descobrir aquesta cova la van convertir en una mina per extreure'n minerals. Després, quan la mina es va abandonar, va convertir-se en una mena d'atracció i era molt visitada per la gent. La muntanya que tenim a sobre era molt apreciada.

—Com es pot apreciar una muntanya? —va preguntar la Duna. Kóvacs no va saber què dir.

—He llegit que era llegendària..., que hi havia moltes històries i rondalles, fins i tot va ser un lloc de culte religiós, amb un monestir.

—Un monestir? —va interrogar l'Izan.

—Una mena d'església.

—Com la de la Santa Pala? —L'Izan va obrir molt els ulls.

—Suposo que diferent..., però tot això era abans de la catàstrofe.

—Quina catàstrofe? —va preguntar l'Edgar.

—Demà, a la ciutat, ho sabreu. Heu de tenir paciència.

Aprofito per escriure ara que el Rubik em fa llum.

Avui he fet un petó a la Duna, a la boca! Ha sigut mentre queia l'aigua del cel. Ha durat només un instant, però a mi m'hauria agradat que s'allargués hores, els dos sota l'aigua, sota la pluja. Fins i tot he notat que l'aigua, quan queia, feia una olor especial.

Un petó de pluja!

El cel, el Sol, la Lluna, les estrelles. L'Adam Kóvacs ens ha explicat què són, ens ha parlat de la llum, dels dies i les nits..., tot de paraules noves que encara no acabem d'entendre.

L'Elna està molt millor; he vist com es divertia amb l'aigua que queia del cel. Això vol dir que gairebé està curada. La tempesta ha estat increïble. Si ho expliquéssim a Edàfia, ningú no ens creuria. Tampoc no creurien que hem menjat rates, aquests animals tan escassos que gairebé ningú no coneix. La veritat és que no ens han agradat gaire. Els nostres talps tenen la carn més tendra i gustosa.

Em sento bé dins la cova. L'Adam Kóvacs ha fet un foc i hem eixugat la roba mullada, com vam fer a la riba del llac de Talpònia, però llavors va ser tot més màgic, més bonic..., i això que aquesta cova és preciosa.

Abans que comencés la tempesta, mentre caminàvem entre uns éssers enormes anomenats arbres (quina passada! Mai no m'havia imaginat que existien éssers vius tan alts!), la Duna m'ha dit que hauríem de preguntar a l'Adam Kóvacs què sap de les nostres mares. Jo li he dit que esperem fins demà.

L'home ens ha aconsellat que descansem, que sortirem quan comenci el dia i ens espera un camí llarg fins a la ciutat. Tinc ganes de saber com són les ciutats, aquí. El que és segur és que no han de renovar l'aire. No sé si les persones també viuen en forats com els nostres, ni si hi ha tub i trenbus, ni si tenen escoles... Com deuen ser els nois i les noies que viuen en aquest món? Li he dit a la Duna que fem cas al Kóvacs, que tinguem paciència. Tampoc no sé què ha volgut dir amb això de la catàstrofe, espero que demà ho descobrim.

El Kóvacs sent curiositat pel que escric, li he dit que en aquests fulls explico la nostra travessia i ho ha trobat molt interessant. Ell m'ha assegurat que a la superfície hi ha gent que es dedica a escriure històries inventades i jo li he dit que res del que he escrit al meu quadern és inventat, però que a

Edàfia també hi ha inventors d'històries, fins i tot n'hi ha molts que les escriuen i les expliquen. El pare un dia em va dir que moltes obres escrites van ser destruïdes, fins i tot abans de la guerra. El Kóvacs m'ha demanat si li puc deixar llegir el quadern. Li he dit que no, que el que escric són coses personals. Per la cara que ha fet, crec que ho ha entès.

21

Un riu, un poble, un mar i una ciutat

El Sol encara no havia despuntat, per la vermellor del cel s'endevinava que encara era rere les muntanyes. Just sobre els seus caps van veure passar les siluetes d'alguns ratpenats que tornaven a la cova.

—D'aquí a dues hores la llum del Sol començarà a ser un perill per a vosaltres, sobretot per a tu. —Kóvacs va tocar amb un dit una galta de l'Elna i li va donar un comprimit.— Tens el braç molt millor. A partir d'ara amb dues pastilles al dia en tindràs prou: una ara i l'altra a la nit.

—Quant ens queda fins a la ciutat? —volia saber el Lucas.

—Si anem a bon ritme hi arribarem al vespre. Farem una parada al migdia, menjarem i prosseguirem la marxa. —L'Adam Kóvacs va treure un aparell que duia a la butxaca i el va observar.— Ja us podeu posar les ulleres fosques; durant una bona part del trajecte, el Sol ens vindrà de cara: hem d'anar cap al sud-est.

—Sud-est? —es va estranyar la Zoe—. No seguim cap mapa?

—Amb això no ens fa falta cap mapa. —L'home li va mostrar el geolocalitzador que acabava de treure's de la butxaca.— Si ens perdéssim sempre ens queda l'Elvex. —L'home va posar una mà sobre la superfície esfèrica del robot.

La Zoe va veure les lletres —N, S, E, W— i els nombres que les precedien.

—El Rubik ens mostrava aquestes lletres i nombres. Què volen dir?

Kóvacs els va explicar que eren les coordenades geogràfiques: nord, sud, est i oest. Els digué que amb dues dades n'hi havia prou per localitzar un punt a la superfície de la Terra gairebé sense marge d'error.

—És així com vau saber el lloc on arribàvem? —va deduir l'Edgar.

—Exactament, i també coneixíem la vostra geolocalització profunda des que l'Elvex va entrar en contacte amb vosaltres.

El camí era agradable, l'aire era fresc i net. Avançaven a un bon ritme, sense aturar-se, protegits de la llum del Sol per la vegetació. Van travessar un bosc on les capçades dels arbres eren d'unes coloracions que els resultaven inversemblants. L'Adam Kóvacs va percebre el desconcert dels joves:

—Els arbres van canviant al llarg de l'any. A molts els canvia el color de les fulles durant la tardor.

—Tardor? —va preguntar l'Izan, que en qualsevol cas tampoc no podia apreciar la major part de les coloracions pel seu daltonisme.

Kóvacs els va intentar explicar les estacions de l'any, però per les preguntes que li feien va deduir que no ho podien entendre: al món d'on venien no hi havia ni la pluja, ni el vent, ni la llum del Sol... Tampoc no hi havia estacions. Les condicions ambientals —la temperatura, els cicles de llum i la humitat— es mantenien gairebé constants.

Amb les ulleres que li protegien els ulls, l'Edgar tot sovint mirava cap al cel. Caminava al costat de la Duna.

—Allò de dalt no és cap estrella, ni la Lluna, ni un núvol carregat d'aigua —va dir el noi, referint-se a l'anell metàl·lic suspès a l'aire, omnipresent.

—No sé què deu ser, però tot és tan nou, tan estrany... —va sospirar la Duna.

—Aviat veurem el riu —va anunciar l'Adam Kóvacs.

—Aquí també hi ha rius? —es va estranyar el Lucas.

—Crec que són diferents dels que vosaltres coneixeu —va dir, mentre es gratava el clatell, l'Adam Kóvacs.

Van enfilar una vall boscosa. Un estol d'ocells va alçar el vol. Cada explicació de Kóvacs, per a ells, era una descoberta. Es van endinsar a la vall i van travessar un petit rierol. El Rubik el va creuar rodant per sobre de l'aigua i ells van aprofitar les pedres del torrent.

—Els rius de la superfície són més petits del que pensava —va dir l'Edgar. L'Adam Kóvacs va negar amb un dit:

—Encara no hi hem arribat. Això només és un petit curs d'aigua.

Deu minuts després van arribar al riu. Els va semblar enorme i els va sobtar que l'aigua corregués sota una galeria formada per un bosc frondós: el corrent i les fulles dels arbres sacsejades pel vent orquestraven una simfonia estremidora.

Després de seguir la direcció del corrent durant una bona estona, Kóvacs els va indicar que s'aturessin:

—Ara mateix estem passant per un poble on vivien milers de persones.

—On són els forats on vivien? —va interrogar l'Izan.

—El bosc s'ha empassat el que quedava de les cases i els edificis, i durant quatre segles l'acció de l'aigua i el vent ho ha modificat tot —assegurà Kóvacs—. És gairebé impossible imaginar-se com era abans.

Els successius desbordaments havien transformat completament les zones habitades de la riba i la vegetació havia envaït els edificis de l'antic poble. Fins i tot un campanar, que era la construcció més alta i robusta, estava parcialment desplomat i el que en quedava havia estat colonitzat i cobert per diferents espècies de plantes i líquens.

Les dues hores següents van passar per tres pobles abandonats a tocar del riu. Deserts humanitzats envaïts per la natura. Van veure uns quants ponts que encara permetien travessar el riu, però les carreteres, els carrers i els camins havien estat completament engolits per la vegetació.

Van continuar el pendent suau en què la riba davallava. Fins que van arribar a una clariana.

—Buscaré alguna cosa per menjar. Quedeu-vos aquí.

Aquesta vegada es va endur el Lucas i la Zoe. Al cap

de mitja hora van tornar amb quatre animals de pèl gris, unes bèsties més grosses que les rates, amb uns incisius prominents i unes orelles extraordinàriament llargues. També duien un bon grapat de fruits vermellosos.

—Crec que les rates no us van agradar gaire —va somriure Kóvacs—. Són conills. Jo prefereixo les rates, però potser els conills us agradaran més.

Mentre menjaven, l'Elna va veure uns animals molt menuts i negres, de sis potes i dues antenes, que s'enfi-

laven en filera per un arbre. Els observava encuriosida i Kóvacs va animar-la a posar la mà al tronc. Va palpar amb un dit l'escorça de l'arbre fins que dos animalons van començar a passejar-se-li per la mà.

—Fan pessigolles —va exclamar amb un somriure l'Elna.

—Són formigues —va explicar l'Adam Kóvacs—. Sempre han estat més nombroses que els humans, a la Terra, però crec que al lloc d'on veniu no teniu formigues.

—Es mengen, les formigues? —va preguntar l'Izan.

—Hi va haver èpoques en què les persones, per sobreviure, menjaven multitud de petits animals, i també van existir cultures que van incorporar les formigues a la dieta... però eren formigues diferents d'aquestes —precisà.

Després de menjar, van decidir estar una estona més a la clariana abans de reprendre la marxa. L'Edgar va treure el quadern i va començar a escriure.

—Si en tots aquests pobles hi vivia gent, per què els van abandonar? Per què ara no hi viu ningú? —va preguntar la Duna.

—Fa quatre segles es van abandonar els pobles. La gent va anar a les ciutats més grans. Gairebé tots els que van decidir quedar-se van morir.

—Hi va haver una guerra?

Kóvacs sabia que coneixien les guerres, sabia que el món d'on venien havia estat assolat pels conflictes bèl·lics, encara que ells eren massa joves per haver-ne viscut cap.

—A la superfície en vam tenir moltes, de guerres... fins al punt que ens pensàvem que destruirien el món i la humanitat, però no van ser les guerres el que gairebé ens va destruir.

—Què va causar la catàstrofe, doncs? —va interrogar l'Edgar. L'home va apuntar amb un dit cap al cel.

En aquell precís moment Kóvacs va callar, com si advertís un perill.

—Anem cap a aquells arbres, ràpid.

El robot, els joves i l'home van ocultar-se rere un roure imponent, la capçada del qual començava a mostrar tonalitats brunes.

—Són llops —va assegurar Kóvacs amb la veu molt fluixa mentre preparava l'arc i hi armava una fletxa—. No ens han olorat perquè el vent bufa en direcció contrària. No obriu la boca ni feu cap soroll.

A menys de vint metres d'on eren va irrompre a la clariana un animal. Tenia la pell rosada, el cos rabassut sostingut per potes curtes i fermes, unes orelles grosses, els ulls menuts, un coll poderós i una cua breu, recargolada. Enfocava el musell en forma de tub amb dos grans orificis en totes direccions. Ensumava l'aire.

Tot d'una de la vegetació va sorgir un llop i es va llançar sobre l'animal, que va començar a xisclar. Amb un moviment brusc amb el cap, va aconseguir fer rodolar per terra el depredador. Immediatament, un altre llop el va atacar per darrere, i li va mossegar una pota. De la vegetació van sorgir tres llops més, que van aconseguir ferir-lo a queixalades. Els esgarips eren llastimosos, cada vegada més aguts.

Rere el roure van observar com el grup de llops —en van comptar cinc— devoraven l'animal. Quan van saciar la gana, van marxar.

—Anem-nos-en —va ordenar l'Adam Kóvacs—, d'aquí a no res arribaran els voltors per aprofitar el que queda del porc.

—D'aquest animal tan estrany en dieu porc? —es va estranyar el Lucas, que mai no havia vist cap ésser com aquell.

—Els teníem en granges, com vosaltres teniu els talps —va dir mentre separava les dues mans fins a la mida d'un talp—. Els porcs que van sobreviure es van tornar salvatges.

Van continuar seguint el riu fins que van veure una muntanya coberta de vegetació. Era menys alta i sinuosa que la que havien vist al matí.

—Rere aquesta muntanya, entre aquest riu i un altre, hi ha la ciutat. Però el que veureu abans us agradarà —va dir Kóvacs, enigmàticament.

Van continuar per la vora del riu, que circulava lentament per un terreny pla, semiinundat. Van veure ocells de colors inversemblants que alçaven el vol des de l'aigua quan advertien la presència dels humans. També hi havia una munió d'animals menuts amb ales. Gairebé formaven núvols arran de terra. L'home els va dir que eren insectes, com les formigues, i els va donar un líquid que els repel·lia perquè se l'escampessin per la pell. Feia una olor desagradable.

—El riu ha alentit la seva marxa i es formen petites llacunes —va explicar l'Adam Kóvacs—. Segles enrere aquí hi va haver un aeroport, però molts anys abans havia estat un aiguamoll, com ara.

—Què és un aeroport? —la Duna va ser la primera a preguntar-ho.

—Un lloc on s'enlairaven avions, un transport que permetia que les persones poguéssim viatjar a gran velocitat: amb un avió podies traslladar-te per l'aire, en poques hores, fins a l'altre extrem del món.

—Com un trenbus, però pel cel! —va exclamar l'Izan amb un dit que apuntava el cel.

Després de caminar un parell de quilòmetres van arribar a un lloc lleugerament elevat, des d'on van albirar una extensió d'una tonalitat blava més intensa que la del cel, que acabava a la llunyania amb una ratlla fosca horitzontal.

—Aquí teniu el mar! —va anunciar Kóvacs estenent els braços. Els tres nois i les noies es van quedar muts contemplant-lo.

—És això el que ens volies ensenyar! —va exclamar, finalment, l'Izan.

—Què hi ha al mar? —es va atrevir a preguntar l'Elna.

—Aigua. És el lloc on es va originar la vida. Ocupa la major part de la superfície del planeta. Dalt les muntanyes serrades que hem deixat enrere hi ha restes d'organismes que van viure al mar fa milions d'anys. Ara hi viuen multitud d'éssers vius, alguns de molt grossos i d'altres de tan petits que no es poden veure a ull nu. Voleu que ens hi acostem, que el toquem?

Encuriosits, van demanar-li d'anar-hi.

Mitja hora després, tots sis, meravellats, observaven el mar, descalços, amb els peus endinsats a la sorra d'una platja immensa, just on trencaven les onades. A l'horitzó, la línia fosca on s'acabava el mar, hi havia núvols que havien començat a tenyir-se de tonalitats violàcies. La Duna va agafar la mà de l'Edgar. El noi va notar com els dits d'ella s'entrellaçaven amb els seus i els premien amb fermesa.

L'Izan va omplir les dues mans d'aigua i es va mullar la cara.

—És salada!

Tots es van mullar les mans per tastar el gust de l'aigua de mar. La sal era un bé molt preuat, i escàs, a Edàfia.

El Rubik rodava al llarg de la platja, a trenc de les onades. Si no hagués estat una màquina, qualsevol hauria pensat que s'ho estava passant bé.

La Duna es va separar del grup i, pensarosa, va seure a la platja, prop de l'aigua. Agafava un grapat de sorra amb una mà, tancava el puny i la deixava anar sobre el palmell de l'altra. L'Adam Kóvacs es va ajupir a la gatzoneta al costat de la noia. Va somriure.

—Aquest grapat de sorra que has agafat té milers de granets. Al mar li ha costat molts anys dur-los fins aquí. —Va agafar amb dos dits una mica de sorra.— Saps que en tota aquesta platja hi ha menys grans de sorra que estrelles a l'univers?

A la noia, les paraules de Kóvacs —la manera que tenia d'explicar-se— li van recordar el professor Brigs. Estava preocupada per ell. Va pensar també en el Draco, en com hauria gaudit el gos amb el mar, rebolcant-se a la sorra de la platja.

—Saps què vol dir el teu nom?

Ella va negar amb el cap. Els seus ulls verds es van clavar en els ulls blaus de l'home.

—Vine.

La noia va seguir Kóvacs fins a una zona de la platja on la sorra s'elevava en forma de monticles coberts de vegetació. El vent enlairava la sorra i formava petites ondulacions. Kóvacs va seure, resguardant-se del vent, en un dels monticles. Ella se'l va quedar mirant. Expectant.

—Això és una duna. —L'home va dibuixar a l'aire un semicercle amb la mà i tot seguit la va endinsar a la sorra i, en treure-la, va deixar que el vent espolsés els granets del palmell.— Al llarg dels anys el vent ha anat acumulant milions de grans de sorra i s'han format dunes. El teu nom vol dir això i n'hi ha que són molt més grans.

La noia va somriure.

—M'agrada.

Va pensar en la mare. Ella havia estat la que li havia posat el nom. El nom de cada criatura que naixia sempre era escollit per la mare. Va estar a punt de preguntar per les dones del seu món, però va intuir que no era el moment, ni el lloc adequat, per plantejar la qüestió.

L'Edgar es va acostar fins on la noia i Kóvacs conversaven.

—Allò també és una muntanya?

El noi s'havia tret les ulleres fosques i amb un braç estès assenyalava el final de la platja. S'entreveia un perfil gris, amb estranyes estructures geomètriques, que es retallava al cel. El dia començava a enfosquir-se.

—No és cap muntanya, és la ciutat. —L'home es va alçar.— Més ben dit, el que queda de la ciutat. Ara anirem cap allà per passar-hi la nit.

—Hi viu gent? —l'Edgar en volia saber més.

—Sí, ara hi vivim unes set mil persones, la major part homes, però les cròniques antigues diuen que a la ciutat hi havien viscut milions de persones.

La Duna va arrufar el nas imperceptiblement i va evitar pronunciar la pregunta que immediatament li havia vingut al cap.

Sobre la ciutat, al cel, es distingia clarament el gegantí anell metàl·lic. Havia adquirit una coloració violàcia. A l'altra banda del cel, despuntant sobre la línia fosca del mar, van veure la Lluna. No era el cercle perfecte, ni blanc, que havien contemplat per primer cop. Refulgia amb una llum ataronjada, poc intensa.

L'Adam Kóvacs va estroncar la bellesa de l'instant:

—Aviat coneixereu el nostre alcalde.

—El vostre alcalde? —preguntà l'Edgar.

—L'Atlas Goi. Ell és qui va enviar-me a buscar-vos.

Tot és nou, en aquest món tan ple de llum. L'Adam Kóvacs ens explica tot el que anem veient i trobant. De vegades ho compara amb el lloc d'on venim, com si el conegués bé, i això només pot voler dir dues coses: o ha estat al nostre món, o coneix algú que hi ha estat. Ningú de nosaltres no s'atreveix a preguntar-l'hi, ni la Duna. Jo no puc deixar de pensar en aquest accent talponès en què parla.

L'Elna ja està recuperada, la veig moure el braç molt bé, fa bona cara i ja pot caminar al nostre ritme. L'he vista riure quan ha descobert aquests animalons tan curiosos, les formigues. Segur que ja no té ni una dècima de febre.

Acabem de menjar conills, uns animals ben estranys. No són tan bons com els talps, però ens han agradat més que les rates. També hem menjat maduixes, uns fruits vermells que, segons l'Adam, són més bons a l'estiu..., una època de l'any que ens va explicar que fa més calor a la superfície. M'han agradat.

No puc deixar de pensar en què devia causar tanta mortaldat a la superfície. El Kóvacs parla del passat sovint dient «fa quatre-cents anys» i no diu que hagi estat cap guerra. Què devia passar? Ha assenyalat cap a dalt, cap al cel, i just després hem vist el porc i els llops que l'atacaven, i ja no n'hem tornat a parlar més. Crec que ha de ser una cosa molt important i que només ens l'explicaran quan arribem a la ciutat.

22

L'Atlas Goi i el temple de l'Apocalipsi

Deixaren la costa enrere i van començar a seguir dos rails d'acer arran de terra, dues línies paral·leles amb travesses de ciment. Era la via fèrria d'un antic transport que duia a la ciutat. El robot va refulgir amb el verd que els havia acompanyat al llarg de l'expedició, una lluminositat que no trobava cap sostre on reflectir-se. Quan els rails es van endinsar en un túnel, els joves es van sentir més segurs, familiaritzats amb un entorn que coneixien.

Els túnels que se succeïen eren artificials i semicirculars. El recorregut de les vies descrivia corbes suaus i sovint era interromput per galeries més amples que els recordaven les andanes del tub i del trenbus d'Edàfia.

—Què hi circulava per aquí? —va preguntar el Lucas.

—L'anomenaven metro... era una forma ràpida i còmoda de moure's per la ciutat que s'assemblava al vostre tub, però els vehicles no estaven subjectats als rails amb tracció electromagnètica, com els que vosaltres teniu.

—On són els edificis? —demanà, impacient, l'Izan— no veig cap forat on pugui viure ningú.

—Sí, on viu la gent? —volia saber la Zoe.

L'Adam Kóvacs va fer un gest amb la mà demanant-los que tinguessin paciència.

Mentre transitaven pel passadís, van veure un bon nombre de rates que fugien esporuguides en advertir la presència dels humans.

Tot d'un plegat, el Rubik es va aturar i va indicar amb un raig de llum un passadís amb escales que ascendien.

Quan havien pujat uns quants graons, van percebre de nou l'aire net i fred de l'exterior. Era nit tancada i al cel negre brillaven les estrelles i el cercle minvant de la Lluna, que ja era lluminosa i blanca. A l'altra banda del cel hi havia l'anell gegantí, situat en un punt diferent del cel que al matí, que reflectia una tonalitat lletosa. A una banda i a l'altra del camí, que estava envoltat per una vegetació espessa, es distingien els perfils negres dels edificis. Tot d'una, embadalits amb el cel, van sentir un udol estremidor.

—Aquí també hi ha llops —va dir Kóvacs—, però no els heu de tenir por, mai no ens atacaran: són animals intel·ligents i han après a respectar-nos quan venen al nostre territori. Mengen rates, conills i altres petits mamífers. De fet, contribueixen a controlar l'excés de població d'aquests animals.

—Això són edificis? —va preguntar la Zoe assenyalant una de les masses fosques i compactes que s'alçaven a ambdues bandes del camí.

—Ho eren. Ara estan deshabitats. La ciutat és gran i hi viu poca gent.

—Els edificis van cap a dalt. Estan capgirats! —va exclamar l'Izan.

—Aquí tot és al revés del lloc d'on veniu. —La foscor no els va deixar veure el somriure d'Adam Kóvacs.

Les estrelles i la Lluna els permetien distingir el contorn dels edificis i les capçades del bosc per on transitaven. El robot continuava guiant-los.

Després de desviar-se per diversos trencants van desembocar en un camí ample —una avinguda, els explicà Kóvacs— amb llums instal·lats als troncs dels arbres. Van veure que alguns edificis tenien obertures rectangulars il·luminades.

—Falta poc —els va tranquil·litzar Kóvacs.

Al final de l'avinguda hi havia un petit llac, davant del qual s'alçava un edifici imponent. A diferència de les altres construccions, estava il·luminat per feixos de llum que partien de la riba del llac. Els joves, impressionats, van observar l'edifici.

—Què és això? Què volen dir aquestes torres? —va preguntar el Lucas, que havia quedat fascinat per les torres acabades en punta que conformaven l'edifici.

—Són divuit pinacles —Kóvacs els assenyalà amb un dit— i cada un simbolitza un personatge important de la història del món.

Els pinacles tenien una forma cònica i estaven fets d'un material petri i grisós. S'alçaven cap al cel i n'hi havia un de més alt que els altres que acabava en una creu. A la façana de l'edifici hi havia estàtues de pedra cisellada que representaven figures humanes i altres éssers desconeguts per a ells.

—És el palau presidencial? —va gosar preguntar l'Edgar.

—No exactament, però hi viu l'alcalde, que és la màxima autoritat de la ciutat —va aclarir l'Adam Kóvacs—. Abans havia estat un temple religiós molt important, crec que vosaltres també teniu temples. Segles enrere, cada any el visitaven milions de persones.

—És un temple de l'Església de la Santa Pala? —va demanar, alarmada, l'Elna.

—L'anomenaven la Sagrada Família. Actualment no té cap relació amb cap Església ni amb cap religió —va assegurar Kóvacs—. Només és l'edifici des d'on es governa la ciutat.

A l'entrada del temple hi havia quatre homes. Eren els primers habitants de la ciutat que veien i també, a més d'Adam Kóvacs, els primers humans del món exterior. Eren individus alts, forts, de cabells foscos. Els va sobtar veure que dos d'ells tenien la pell gairebé negra. No havien vist mai ningú amb la pell tan fosca. Cadascun duia un arc, un carcaix amb fletxes, i una daga llarga lligada al cinyell.

Se'ls miraven amb curiositat, era evident que alguna cosa del seu aspecte els cridava l'atenció. Van saludar l'Adam Kóvacs amb una inclinació del cap que els va semblar un gest de subordinació.

L'interior de l'edifici els va pertorbar encara més que l'exterior. Desenes de columnes, com arbres immensos i majestuosos, sostenien l'estructura interior del temple. El sostre era inversemblant, amb arcs i cúpules de pedra.

Hi havia moltes escultures, algunes els va semblar que eren monstres. El terra, polit, reflectia la llum que partia dels laterals i del sostre. A les parets hi havia vidres de colors i formes geomètriques que deixaven passar la claror de la Lluna. El Rubik rodava davant d'ells.

—Cada element del temple té relació amb l'Apocalipsi, una revelació religiosa de la fi del món —va explicar Kóvacs.

—De la catàstrofe —deduí l'Edgar.

L'Adam Kóvacs fità els ulls del noi.

—El geni que va construir el temple va representar la natura fent servir símbols religiosos. —Kóvacs va entrellaçar els dits de les mans.— L'edificació va resistir la catàstrofe, i des de llavors es coneix com a temple de l'Apocalipsi.

Van arribar a una zona il·luminada, amb el sostre altíssim on convergien les ramificacions de pedra que partien de les columnes. Van veure algunes persones, tots homes, alguns també de pell fosca. No anaven armats, vestien amb elegància i els observaven encuriosits, però distants. En un dels extrems, amagada, hi havia una escala ampla que descendia.

—Baixem a la cripta. Allà us espera l'Atlas Goi.

L'escala conduïa a una estança poc majestuosa, fosca, ubicada sota una cúpula sostinguda per columnes. Davant de dues cadires de pedra, hi havia, drets, un home i una dona. Vestien túniques blanques i anaven descalços.

L'home —d'uns trenta anys— lluïa una cabellera rossa que li arribava fins a les espatlles. Era alt, de complexió atlètica, amb una barba espessa i la pell clara. La dona —que devia tenir prop de seixanta anys— era albina, amb els cabells blanquíssims, llargs. Els ulls d'ella tenien els iris gairebé transparents i les faccions de la cara resultaven familiars als joves. L'home i la dona van fer una lleu inclinació quan els sis adolescents van ser davant d'ells. L'Adam Kóvacs va fer xocar els colzes amb l'home i es va inclinar davant la dona. Va presentar, d'un a un, els joves a l'alcalde i a la dona.

—La meva mare i jo us donem la benvinguda a Barcelona, una de les set ciutats de Gaia. —Quan els va mirar, van poder apreciar els iris blaus dels ulls de l'home.

Hi havia coixins a terra. L'Atlas Goi i la dona van seure a les cadires de pedra. L'alcalde va fer un gest als joves perquè s'acomodessin als coixins. Kóvacs es va quedar dret al costat d'ells.

—Soc l'Atlas Goi, l'alcalde de la ciutat. Ella és la Sara Brigs, la meva mare.

Els joves es van mirar entre ells, parlaven amb la mirada.

—Sé que heu fet un gran viatge i que no ha estat gens fàcil que hagueu pogut arribar fins aquí. També suposo que teniu moltes preguntes. —El to de la veu de l'alcalde va fer que el tornessin a mirar.

—Sí, volem fer-vos moltes preguntes —l'Edgar va ser el primer a parlar.

—Us ho volem explicar tot, però ho farem a poc a poc. —L'home va moure les mans amb un gest que transmetia calma.— Hem anat seguint els vostres moviments durant els últims dies. Quan vam saber que arribaríeu de Subgaia per l'accés d'una de les coves del massís muntanyós de Montserrat, vaig ordenar a l'Adam Kóvacs que us anés a buscar. —L'home va moure una mà i amb el palmell assenyalà Kóvacs.— Sabia que, si us trobava, us portaria sans i estalvis fins aquí.

L'Adam Kóvacs va demanar permís per parlar.

—Necessiten alimentar-se adequadament, roba nova, rentar-se i descansar —va dir amb un posat d'autoritat que encara no li havien vist—. Han recorregut molts quilòmetres pels passadissos del seu món. Han lluitat amb llops, han caminat sota la pluja, han travessat boscos i muntanyes, han vist la nova llum i éssers i paisatges que no havien vist mai.

—L'Adam té raó —la mare de l'alcalde es va alçar lentament de la cadira i va prendre la paraula—. Aquests joves també necessiten temps, temps per comprendre aquest nou món. Serà molt millor que ara descansin i que parlem demà.

La Duna va estar a punt d'etzibar a la dona la pregunta que tots volien fer- li, però l'Edgar li va tocar lleument el braç per aturar-la.

L'Elna va fixar-se en els ulls de la Sara Brigs mentre parlava. Miraven cap al buit.

Hem menjat calent: un brou que era boníssim, carn cuita —segurament de rata, perquè de talp segur que no ho era— i un suc grogós que tenia un gust àcid, però deliciós. Després hem hagut de pujar moltes escales i ens han portat fins a una cel·la molt ampla. Crec que és el pinacle més alt del temple, però és un lloc agradable, ben ventilat, amb llits i amb aigua per rentar-nos. Feia tants dies que no m'estirava en un llit tan còmode! També ens han donat roba per canviar-nos. Només trobo a faltar el Rubik, que no sé on se l'han endut.

Per què a aquest món li diuen Gaia, i anomenen Subgaia el món d'on venim? Encara no ho entenc.

Veure el mar, aquella extensió gairebé infinita d'aigua, que anava i venia, amb aquella línia fosca i llunyana on s'acabava ens ha trasbalsat a tots. M'he hagut d'aguantar de felicitat quan la Duna m'ha agafat la mà.

Duna! Ara sé que ets una muntanyeta de sorra fabricada pel vent! A mi també m'ha agradat saber que el teu nom vol dir això.

Quan hem arribat a la ciutat era de nit. Tinc moltes ganes de veure com és amb la llum del dia. Com són els edificis, els camins, els passadissos, les avingudes, o com en diguin i, sobretot, la gent que hi viu. Fins ara hem vist tan poques persones... i aquest temple és tan impressionant, tan solemne. No he vist res així al nostre món, ni els temples de l'Església de la Santa Pala, tots amb estàtues d'or de la Santa Pala de l'Excavador i del Totpoderós. El temple de l'Apocalipsi! L'alcalde Goi, amb els ulls blaus que té, els cabells rossos i la túnica blanca... És un home que m'ha impressionat. Les seves paraules són amables i tinc ganes que respongui totes les nostres preguntes. I la mare de l'Atlas Goi, la Sara Brigs. Brigs! Quan he sentit el cognom del professor no he pogut deixar de pensar en ell: on deu ser? Ha degut poder esquivar els que ens persegueien?

23

La catàstrofe

 La llum entrava per un dels vitralls de la cambra i projectava colors i figures estrambòtiques a la paret. L'Edgar va ser el primer a llevar-se i va observar el paisatge. Tenia els ulls adolorits i la boca pastosa, i una sensació d'haver dormit dos dies seguits. Des de la talaia on havien passat la nit, la ciutat era un mosaic format per taques de vegetació i edificis enrunats. Va mirar cap al mar i va veure la línia blava de l'horitzó i el Sol que l'acabava de sobrepassar. Dues torres, una més alta que l'altra —que estava escapçada—, i un edifici cilíndric en forma de projectil eren les construccions més altes que es distingien. També hi havia una estructura que recordava una enorme via de trànsit elevada —sobrepassava tots els edificis—, però semblava partida, com si un carril s'hagués desplomat. Va veure una taca longitudinal de vegetació d'un verd més clar que destacava entre els boscos. Era la vegetació de ribera que cobria l'altre curs d'aigua que delimitava la ciutat, la qual estava encaixada entre dos rius i una muntanya no gaire alta, amb un perfil més arrodonit que les que havia vist.

Per esmorzar van prendre llet fermentada de cabra, un mamífer que no coneixien, i unes galetes fetes d'una planta que anomenaven blat.

Un home, que es presentà com a secretari de l'alcalde, els convidà a baixar a les dependències de l'Atlas Goi. Els va dur fins a una cambra espaiosa amb una taula llarga i moltes cadires a banda i banda. Hi entrava llum per diferents punts de la sala. Tots sis s'assegueren en cadires en un extrem de la taula, sobre la qual hi havia uns quants gots i una gerra plena d'aigua. Poc després arribà l'Atlas Goi. Duia els cabells recollits en una cua i anava vestit amb una camisa clara, uns pantalons foscos i unes sandàlies de pell. Amb ell venia el Rubik, rodant pel terra de marbre.

—Bon dia —l'alcalde els va saludar i s'acomodà en una de les cadires—, espero que hagueu descansat bé i que el menjar hagi estat del vostre gust.

Els adolescents li van tornar la salutació. L'Elna va preguntar per Kóvacs.

—Ha hagut de sortir a primera hora del matí, cap al nord. —L'alcalde va fer una pausa, com si volgués dir alguna cosa més, però va sospirar.

Els joves no sabien per on començar.

—M'imagino que teniu moltes preguntes i voleu moltes respostes.

—Per què ens heu guiat fins aquí? —L'Edgar no va poder esperar a preguntar allò que el rosegava des que havien trepitjat la superfície. Va buscar els ulls de l'Atlas Goi.

—És una pregunta difícil de respondre. Abans cal que us expliqui alguns fets que van passar en els últims cinc segles al món —l'alcalde es va passar una mà per la barba i tot seguit va separar els braços—, i aquest temple de l'Apocalipsi és un bon lloc per explicar-vos-ho.

Els joves, expectants, van observar com l'alcalde omplia els set gots amb l'aigua de la gerra.

—Tot va començar fa quatre-cents quaranta anys amb dos joves científics: Walter Raben i Roman Tsiolkovski. Ells van descobrir un nou astre, un cometa gegant del núvol d'Oort, als confins del sistema solar. —Goi va fer un gest amb la mà per disculpar-se.— Sé que «astre», «cometa», «núvol d'Oort» i «sistema solar» són paraules que no tenen cap significat per a vosaltres, però fa un parell de dies desconeixíeu què era el cel, els núvols, la Lluna, les estrelles i el Sol. Raben i Tsiolkovski van predir la trajectòria del cometa i van determinar que es trobaria amb la de la Terra al cap de quaranta anys. Fins i tot van precisar el dia, l'hora i el lloc on es produiria l'impacte.

—Un cometa és com una estrella? —va preguntar el Lucas.

—Els cometes són infinitament més petits, però són atrets per la massa de les estrelles, en aquest cas pel nostre Sol. El cometa Raben-Tsiolkovski era un astre jove format per milions de tones de gel, roques i gasos congelats amb un nucli de prop de cinquanta quilòmetres. —L'Atlas Goi va esbossar una forma el·líptica amb les mans.— Al principi cap astrofísic va acceptar la predicció dels joves científics, però les evidències que s'anaven trobant en tots els observatoris astronòmics del món els donaven la raó. Tots els models matemàtics preveien la col·lisió. Només hi havia desacord en el moment i el lloc de l'impacte. El cometa era enorme. I el xoc seria terrible: causaria la devastació de la superfície del planeta i l'extinció de la major part de la vida. La fi del món tal com el coneixíem.

L'Elna es va posar una mà a la boca. L'Izan, incrèdul, va moure el cap de banda a banda.

—Però això, finalment, no va passar —va objectar l'Edgar.

L'alcalde va mirar cap a un dels finestrals. Hi va haver una estona de silenci en què ningú no gosava parlar. Finalment Goi es va decidir:

—Els humans al llarg de la història hem lliurat moltes guerres i des de l'antiguitat vam crear exèrcits. Fa cinc-cents anys disposàvem d'armament amb potencial per destruir el planeta. També vam desenvolupar tecnologies per viatjar a l'espai; havíem arribat a la Lluna i més tard vam enviar naus tripulades a diferents astres del sistema solar i, fins i tot, més enllà. —L'alcalde va alçar un dit.— Teníem quaranta anys per evitar la col·lisió o per fer que aquesta no causés la devastació que es preveia.

L'Atlas Goi va fer una pausa per reomplir els gots buits.

—Quan es va tenir la certesa que el cometa ens colpejaria, totes les hostilitats que existien al món van cessar, però la treva va durar pocs anys. Sabem que l'última dècada abans de la catàstrofe van ser uns anys obscurs per a la humanitat. La por va fer créixer el fanatisme i va ressorgir el fervor religiós. Van aflorar innombrables sectes basades en la ignorància i la superstició. Algunes auguraven la condemna amb el càstig i d'altres prometien la salvació amb el perdó. En diferents parts del món la població va adquirir armes de foc i a mesura que s'acostava el dia de la col·lisió van augmentar els actes vandàlics: el saqueig es va generalitzar a les ciutats, es cometien homicidis i suïcidis individuals i col·lectius. Quan la situació límit era imminent, els humans vam treure el pitjor de la nostra naturalesa, però també el millor: moltes persones van dedicar la vida a evitar la fi del món i a elles devem que ara puguem ser aquí.

L'Atlas Goi es va acabar l'aigua del seu got. Va prosseguir:

—Es van dur a terme dos grans plans per evitar el desastre. El primer es basava a utilitzar les armes més destructives, les bombes termonuclears, per desintegrar el cometa o desviar-ne la trajectòria; l'altre tenia com a objectiu preservar la humanitat i una part de la vida de la Terra.

—Quin va ser el pla que va funcionar? —va interrompre'l la Duna.

—En realitat va ser una combinació de les dues estratègies.

Els tres nois i les tres noies estaven expectants. L'alcalde va fer una pausa i es va tornar a omplir el got d'aigua:

—Dos anys abans de l'impacte es van enviar set naus tripulades carregades amb míssils nuclears per destruir el cometa. Només una aconseguí, en part, l'objectiu: va fragmentar el nucli del cometa i en va desviar lleument la trajectòria. Els nous models indicaven que una part del cometa arribaria a un lloc diferent de la superfície de la Terra: el fragment tenia més de vint quilòmetres de diàmetre i cauria a l'extensió d'aigua més gran del planeta, l'oceà Pacífic. L'impacte causaria un cataclisme que destruiria bona part de la vida.

—I llavors...? —s'impacientà el Lucas.

—L'altra estratègia era preservar la vida, escapar, fugir de la devastació per sobreviure en un altre lloc... o en un altre món. —Van entendre per què l'Atlas Goi va callar i va mirar-los un a un.— El vostre món, el vostre món fosc, es va començar a construir tres dècades abans de l'impacte, fa més de quatre segles. Es van explorar els millors llocs per viure sota terra a través de galeries de mines i coves naturals. Es van excavar nous territoris i desenvolupar tecnologies que fessin possible la vida subterrània. Al mateix temps es van emmagatzemar, a les zones més fredes del planeta, tubercles i llavors de totes les plantes conegudes amb la intenció de repoblar la superfície quan les condicions tornessin a ser adequades. Pel mateix motiu es van congelar embrions de molts animals. La major part de la vida al planeta s'havia desenvolupat a partir de l'energia del Sol i havia evolucionat a la superfície, però calia intentar-ho.

—I va funcionar! —exclamà l'Izan.

—Sí, però ningú no havia previst que l'aïllament cada cop seria més gran fins a convertir-se en perpetu.

Els habitants de l'interior de la Terra heu arribat a ignorar l'existència del Sol i del món exterior del qual procediu.

—Com ha pogut passar? —la Duna no s'ho podia creure.

—No coneixem gaire la vostra història, però sabem que durant el primer segle hi van haver lluites pel poder. Es van crear moviments religiosos als quals no els convenia que ningú conegués l'èxode des de la superfície.

Els joves es van mirar, però ningú no gosava dir res.

—Què va passar després de l'impacte del cometa? —va preguntar, finalment, el Lucas.

—L'astre fragmentat va impactar a l'hemisferi nord, al Pacífic, a prop d'un arxipèlag anomenat Hawaii. El xoc amb l'atmosfera va alliberar una energia equivalent a milers de bombes termonuclears. —L'Atlas Goi va simular una explosió amb les mans.— El vent, la calor i les ones de pressió van destruir la superfície de milions de quilòmetres quadrats. L'impacte, a seixanta quilòmetres per segon, va provocar la fusió d'una part de l'escorça oceànica. Es van produir onades gegants que van deixar sota l'aigua centenars d'illes i arxipèlags. Moltes regions costaneres van quedar arrasades poques hores després del xoc. La deflagració va esborrar del mapa milers de pobles i ciutats. Grans regions del Japó, Nova Zelanda, Indonèsia, Califòrnia i Mèxic, territoris que no sabeu que havien existit, van quedar arrasades completament. Al cap d'unes hores l'ona de xoc arribà a les costes continentals. Durant les primeres vint-i-quatre hores van desaparèixer tres quartes parts de la població del món: vuit mil milions de persones.

—Tanta gent hi havia? —se sorprengué l'Izan.

Goi va ignorar el comentari i va prosseguir:

—L'energia que es va desprendre en el xoc va causar incendis per tot el planeta. Va destruir la major part dels edificis de les poblacions. La ciutat on som ara va quedar gairebé tota destruïda. Deveu haver vist que la gran majoria de construccions estan en runes. Les rondes aèries, una meravella arquitectònica que s'havia construït pocs anys abans de la catàstrofe, van desplomar-se. —L'Edgar va recordar l'esquelet de l'estructura elevada que havia vist des del pinacle.

—Va afectar tot el món? —va preguntar el Lucas.

—Alguns volcans adormits van entrar en erupció. El fum i el sutge van provocar que la Terra s'enfosquís. —L'alcalde va esbossar una esfera amb les mans.— Sense llum, les plantes dels territoris que no havien quedat inundats o cremats van morir massivament. Les algues marines tampoc no van sobreviure: era com si el Sol s'hagués apagat. La composició de l'aire va canviar i la temperatura va baixar en picat.

—Però algú devia sobreviure, no? —la Zoe no ho acabava d'entendre.

—La superfície del planeta es va tornar inhabitable per als humans i per a molts altres éssers vius, les condicions només eren aptes per a alguns microorganismes. —L'alcalde va moure el cap.— Però la vida és tossuda, costa extingir-la molt més del que ens pensem.

—I els humans, com vam sobreviure? —insistí ella.

—El sud de l'antiga Europa, la regió mediterrània on som ara, va ser una de les zones del planeta on van poder sobreviure alguns grups humans. El nivell del mar, pràcticament, no va canviar i la temperatura mai no va baixar per sota dels vint graus sota zero. Un avantpassat meu, Cosme Goi, va ser el que va organitzar la primera ciutat subterrània, el Comú Lliure de Subolesa. Recordeu les coves on vau protegir-vos de la tempesta i vau passar-hi la nit? Aquell va ser el camí d'entrada. Ell era enginyer i deu anys abans de la catàstrofe es va dedicar a dissenyar sistemes de ventilació, d'acumulació d'energia i d'emmagatzematge d'aliments per resistir mesos sota terra, sense la llum i la calor del Sol. Allà van sobreviure durant dos anys els homes i les dones als quals devem la vida els que ara habitem la Terra, a la superfície o a les profunditats.

—Així, doncs, una part dels supervivents van protegir-se sota terra i després van tornar a la superfície... —va intervenir l'Elna.

—L'anhel del Cosme Goi sempre havia estat el retorn al Sol, a la superfície, que és l'hàbitat natural dels humans. —L'Atlas Goi va ajuntar les mans.— Altres expedicionaris van arribar a zones més profundes i van fundar el vostre món fa quatre-cents anys, però quedaren aïllats.

L'alcalde va desenrotllar un pergamí i el va posar sobre la taula. Eren dibuixos que representaven escenes que de seguida van identificar:

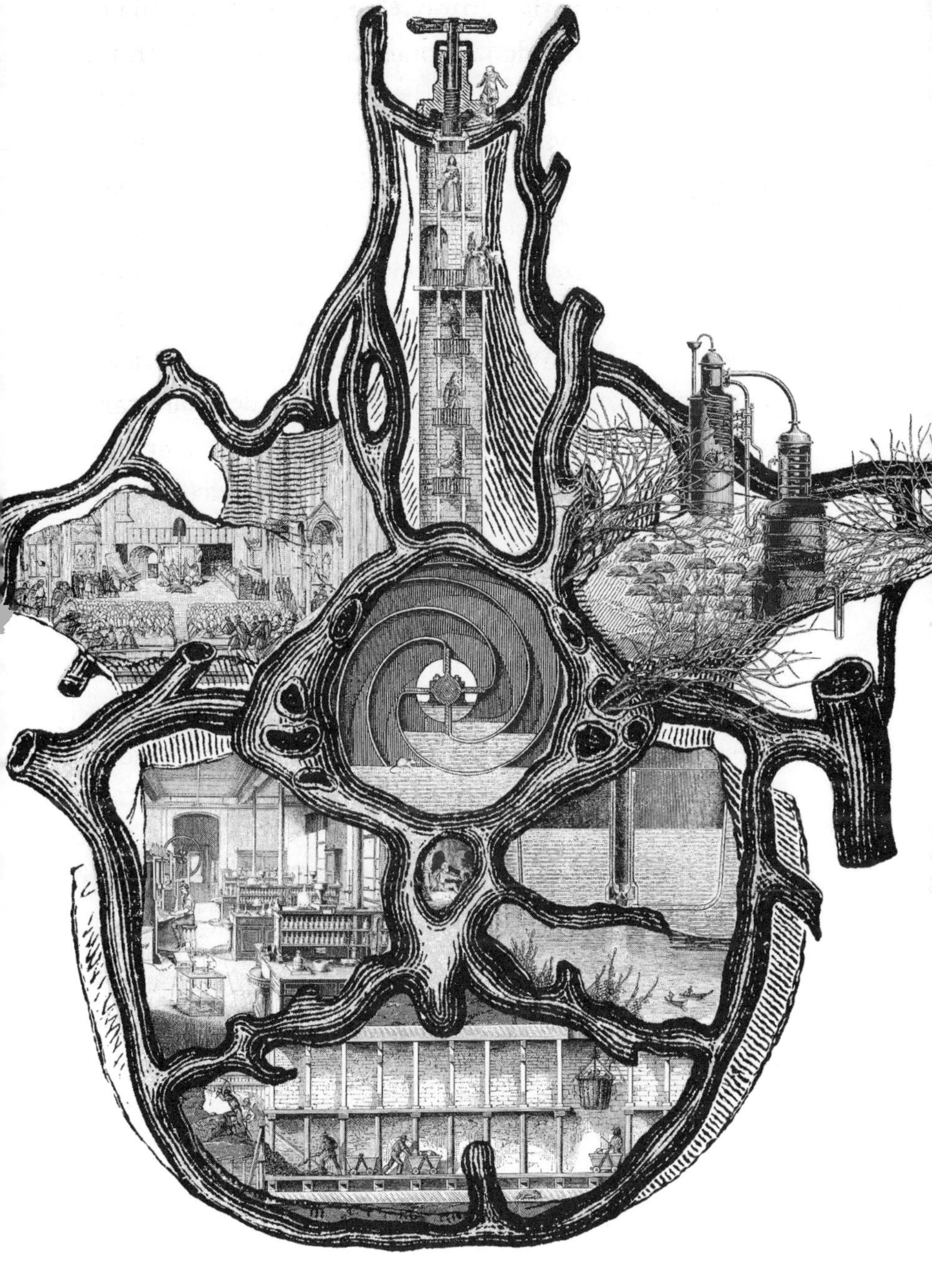

—Molts anys després, a partir dels testimonis dels habitants que havien tornat per refundar les ciutats, alguns artistes van escenificar el vostre món. —Atlas Goi va passejar el dit per algunes escenes del gravat.

—Hi ha moltes coses que no entenc. —La Duna va sacsejar el cap:— Com és que parlem la mateixa llengua, si pertanyem a mons tan aïllats?

—No tan aïllats. —L'alcalde va separar les mans. —Tots els humans acostumem a parlar bé la llengua de les nostres mares —va fitar els ulls verds de la Duna—, i la meva mare, la de l'Adam Kóvacs i les de molts altres ciutadans van venir del vostre món.

Les paraules de l'alcalde van sobresaltar els joves. La pal·lidesa de la pell de l'Elna va canviar de color. El Lucas va serrar les dents i l'Izan i la Duna van cloure els ulls. L'Edgar va entendre per què la llengua de Kóvacs tenia aquell accent. Es va alçar, irat:

—Per què ens vau fer venir? —va tornar a preguntar, gairebé cridant.

L'Atlas Goi va mirar el noi i es va aixecar lentament de la cadira i va enrotllar el pergamí.

—La meva mare ens espera al llac del temple de l'Apocalipsi. Ella us donarà les respostes que demaneu.

24

La Sara Brigs i les mares de les profunditats

La túnica de la dona era gairebé tan blanca com els seus cabells. Duia unes ulleres fosques, anava descalça i estava asseguda en un banc de pedra a tocar de l'aigua del llac. Quan va percebre la presència dels joves es va alçar i va inclinar el cap per saludar-los.

—Volen saber qui ets —li va dir l'Atlas Goi alhora que li posava amb delicadesa una mà sobre l'espatlla.

—Soc la teva mare —somrigué—. Els has dit d'on vinc?

L'Atlas Goi va romandre en silenci i, per sorpresa de tots, la Zoe va parlar:

—El seu accent és hidroponès. On va aprendre a parlar?

—A Hidropònia —ho va dir amb naturalitat i es va treure les ulleres fosques. Tots van poder veure els iris glaucs dels ulls de la dona i la seva semblança amb l'Enzo Brigs—. És el lloc on vaig néixer.

La Duna va fer un pas endavant i va palpar amb la punta dels dits la pell blanquíssima del braç de la dona. Ella no el retirà.

—Té alguna cosa a veure amb el professor Enzo Brigs? El coneix?

—Mai no vaig conèixer el meu germà.

Els joves van mirar-se. Ningú no va dir res. Després del silenci ella continuà:

—Vam compartir el ventre de la nostra mare. L'Enzo i jo som bessons.

—No ho entenc. Per què no es van arribar a conèixer? —preguntà, estranyada, l'Elna.

—La nostra mare va morir després del part. El nostre pare va haver de triar amb quin fill quedar-se. —La dona va obrir les mans amb els palmells cap amunt, com si sospesés dues coses.— Devia ser el dilema més gran de la seva vida. A mi em va donar en adopció i es va quedar amb l'Enzo. Si s'hagués quedat amb els dos, ni l'Enzo ni jo no hauríem sobreviscut. Fins que no vaig arribar a Gaia no vaig sentir a parlar del meu germà ni dels robots.

Ningú no gosava parlar. L'Edgar va ser el primer.

—Com va arribar aquí?

—Endevino que el meu fill tampoc no us ha explicat res d'això, oi? —L'Atlas Goi continuava sense dir res, i ella prosseguí:— Vaig arribar a la superfície fa trenta-dos anys, després d'haver tingut el primer fill a Hidropònia. —Va tancar els ulls.— Poc després de deslletar-lo em van fer venir a Gaia.

—La van fer venir? Qui la hi va obligar? —la va interrompre la Duna.

—El Ministeri de Seguretat i l'Església de la Santa Pala. —La dona alçà els ulls cap al cel.— Em van dir que si m'hi negava farien desaparèixer el meu fill.

—La Santa Pala? —l'Izan no se'n sabia avenir.

—Amb la complicitat del govern —va precisar ella.

—Per què? —a la Duna se li va esquinçar la veu.

—Aquí necessiten dones fèrtils per sobreviure, per no extingir-se. —La dona va estendre un braç i l'Atlas Goi li va agafar amb tendresa la mà.— L'Atlas és el meu segon fill, després del que vaig tenir a Hidropònia, i en tinc set més de diferents pares. Tres dones que mai no tindran fills i cinc homes. És un món que es mor, que ens necessita per sobreviure.

—Per què? —va implorar, de nou, la Duna—. Per què li van fer abandonar el seu fill, la seva família, el seu món?

—Per un intercanvi vital —respongué l'alcalde, tot trencant el seu silenci.

—Vital? —l'Edgar no ho entenia.

—Quin és el bé més preuat que teniu a Edàfia? —va preguntar l'Atlas Goi.

—Talps —respongué immediatament l'Izan.

—T'equivoques..., els talps podrien substituir-se per altres animals que us proporcionessin les proteïnes que necessiteu. —L'alcalde va fer un cercle ample amb les mans.— Però no podríeu viure sense aire.

—Aire? —L'Izan el va mirar de fit a fit.

—Sense injectar-vos aire moriríeu en tres o quatre dies, potser en menys.

—Ens doneu l'aire que respirem? —La Zoe va arrufar el nas.

—I també la llum. Sense l'energia tampoc no sobreviuríeu.

—Aquells conductes que vam veure... per dins hi anaven els cables, oi? —El Lucas va recordar aquells tubs enormes que van veure en un dels túnels.

—Tenim centrals de fusió freda..., una tecnologia del passat que encara conservem. Una part de l'electricitat que generem va al vostre món. Els cables passen pels conductes que subministren l'aire a pressió.

—No en tenim prou amb l'energia tèrmica de l'interior de la Terra? —El Lucas no ho acabava d'entendre.

—A l'última guerra, al vostre món es van destruir els conductes d'aire i les centrals energètiques. Necessitàveu mantenir els períodes de llum-foscor, els vostres dies i nits. Sense llum no podríeu cultivar les algues, els talps moririen i, poc després, també vosaltres. —L'Atlas Goi va mirar fugaçment el Sol.— A la superfície, l'energia per fabricar el menjar i per fer funcionar el món ens la proporciona el Sol. Una energia que sota terra mai no podreu tenir.

—Així ens doneu l'energia i l'aire... —va dir la Duna—. Us devem la vida.

—Però en pagueu un preu.

—Un preu? —s'estranyà ella.

—Dones. Les vostres mares.

La Duna es va tensar com si dins d'ella s'hagués activat un ressort. Es va treure les ulleres fosques:

—Dones! Per què? Torneu-nos les nostres mares!

—No podem —va dir l'home mirant els ulls verds de la noia—. Sense elles hauríem desaparegut..., jo mateix no existiria. —Va fer un silenci per sospesar les paraules:— si ens arriben les dones a dalt, us arriba l'aire i l'energia a baix; aquest és el tracte. Molt poca gent del vostre món coneix l'acord.

L'Edgar va posar una mà sobre l'espatlla de la Duna per intentar calmar-la.

—Això no té cap sentit, hi ha d'haver una explicació —demanà el noi a l'alcalde. I tot seguit mirà la Sara Brigs.

—No puc negar que ara tinc la vida que desitjo, però els primers anys van ser terribles —va admetre ella—. Enyorava el meu fill, vaig començar a perdre la vista, volia tornar al meu món; estava segura que no sobreviuria, que em moriria de pena —va dir alçant els ulls cap al cel—. Em vaig quedar aviat embarassada, i quan va néixer l'Atlas vaig recuperar la força que necessitava per viure.

El cel s'havia ennuvolat i es va sentir un tro llunyà.

—Acompanyeu-me, les prediccions diuen que aquesta tarda la pluja serà intensa. —L'Atlas Goi es va acostar a la seva mare, li va fer un petó al front, i quan va parlar amb ella tots van sentir què li deia:— coneixeran el doctor Prevost i demà visitaran la Ciutadella. Allà trobaran més respostes.

La Sara Brigs va assentir amb un moviment del cap i es dirigí als joves:

—Qui de vosaltres és l'Elna? —La dona va estendre una mà. L'Elna es va acostar a la dona i li va tocar els dits blanquíssims.

—Soc jo.

—La teva mare et va posar aquest nom tan preciós que tens. Saps què vol dir «Elna»?

—No —va balbucejar la noia.

—Ve d'una llengua antiga, d'un poble anomenat Grècia. «Elna» vol dir 'raig de Sol'. Protegiu-vos del Sol, és meravellós però us pot privar de la vista i, fins i tot, llevar-vos la vida. —La dona es dugué una mà als seus ulls cecs i va esbossar un somriure amarg abans de fer un gest de comiat.

Mentre tornaven a l'interior del temple, la Duna es va avançar i amb dues passes va barrar el pas a l'alcalde:

—On són les nostres mares? On les teniu?

L'home va abaixar el cap i va evitar els ulls de la noia.

—Moltes no van poder suportar la llum pura, ni la pena d'haver-les separades dels fills. D'altres, com la meva mare, es van poder adaptar al nou món.

La Duna va serrar les dents i l'Izan va tancar els punys amb ràbia. L'Atlas Goi va percebre la reacció dels joves.

—Em sap greu —va dir abaixant els ulls—. Vosaltres potser hauríeu fet el mateix si estiguéssiu abocats a l'extinció. Soc fill d'una mare de les profunditats, com aquí els diem. Li dec la vida a ella i als que van establir l'acord.

Havent dinat, l'Atlas Goi ens ha conduït a una gran sala situada a la base d'un dels pinacles més alts del temple. Pel camí hem vist homes que vestien granotes grises. Deuen ser ciutadans que treballen a l'alcaldia. A la sala ens esperava el doctor Roderic Prevost. L'alcalde ens l'ha presentat com a genetista i regidor de Tecnociència. L'alcalde ha hagut de marxar perquè tenia una reunió important.

La sala circular era un laboratori on treballaven una vintena de persones. Gairebé totes, dones enfundades en granotes verdes. Manipulaven petits ordinadors, però n'hi havia que sobre la taula tenien robots de forma cúbica, idèntics al Rubik quan el vam trobar. La Duna s'ha interessat molt en el codi robòtic que feien servir per programar-los. M'ha caigut bé, el doctor Prevost, però no m'ha agradat gens el que ens ha explicat.

El regidor ens ha convidat a seure al voltant d'una taula circular. Ha començat explicant-nos que pocs anys després de la catàstrofe van sorgir els primers conflictes bèl·lics entre els supervivents. En una de les guerres es va utilitzar contra algunes ciutats una arma biològica que s'havia desenvolupat segles enrere: un virus que infectava lentament l'aparell reproductor de les dones; la infecció s'adquiria a la infantesa: les nenes sobrevivien, però els ovaris deixaven de produir oòcits madurs. La infecció vírica es va estendre pels territoris habitats de Gaia i pràcticament totes les nenes van quedar infectades.

L'epidèmia, ens ha explicat Prevost, els condemnava a l'extinció. De fet, encara no s'ha trobat cap vacuna per prevenir-la, ni cap fàrmac per evitar l'acció del virus. Les nenes continuen infectant-se.

Dones infèrtils significa no poder tenir cap fill, ha remarcat Prevost. M'ha impressionat saber que cap de les dones joves que treballen al laboratori mai no podrà ser mare i ara em ve al cap també quan la Sara Brigs ens va dir que les seves filles tampoc no ho serien. Ens ha explicat que fa quaranta anys es va establir el pacte amb els estats de Subgaia: no tallar el subministrament d'aire i proporcionar l'energia a canvi de dones fèrtils. L'acord era molt clar: cada dona nascuda en un estat de Subgaia podria tenir un fill, i al cap de cinc o sis anys seria portada a Gaia. Les mares de les profunditats tindrien tants fills com fos possible a la superfície amb diferents homes i, en molts casos, serien inseminades. Tot en el més estricte secret i amb el vistiplau i la col·laboració de l'Església de la Santa Pala, que obtindria el monopoli del subministrament d'energia. L'acord a la superfície no era cap secret, però a Subgaia només el coneixien alguns governants de cada estat.

Després d'explicar-nos tot això, m'ha costat calmar la Duna. L'Elna també estava nerviosa. La Zoe, esverada, ha preguntat si elles també podien infectar-se amb el virus, però el doctor les ha tranquil·litzades. Els ha assegurat que si ja els havia vingut la regla, que era evident que sí, no corrien cap perill.

El Roderic Prevost és un home amb molta paciència perquè l'hem cosit a preguntes —sobretot el Lucas, que és una màquina d'interrogar— i les ha anades contestant totes. Quan jo li he preguntat per què ens havien fet venir m'ha costat entendre la resposta, per això ara, mentre tots dormen, ho escric per si això m'ajuda a posar ordre a les idees. El Rubik i alguns altres robots —ens ha dit— van ser enviats a Subgaia per guiar-nos cap a la superfície, i llavors ens ha parlat dels cinc robots cúbics amb els quals estaven treballant al laboratori. Ens ha assegurat que no n'hi ha prou amb les mares de les profunditats. Segons el científic, tant el nostre món com el seu ens necessitem els uns als altres per sobreviure. Diu que és un problema genètic i evolutiu. Quedar-nos aïllats a partir de poblacions tan petites, a dalt i a baix, va causar una mena de coll d'ampolla genètic: pocs gens i massa consanguinitat, que comporta poca diversitat i moltes malalties hereditàries. A la superfície no només existeix el mateix problema, sinó que també s'agreuja per la infertilitat causada per la infecció vírica. Ens ha assegurat que molts de nosaltres posseïm una mutació molt beneficiosa que fa que les nenes siguin invulnerables al virus, i per això ens necessiten. No només les dones que la tenen, també els homes. Els genetistes de Gaia preveuen que si no hi ha mestissatge entre el món de dalt i el de baix, s'esdevindrà una catàstrofe genètica que causarà, en poc més de cent anys, l'extinció de l'espècie humana de tot el planeta. Quan ens ho explicava m'ha recordat la catàstrofe anunciada de l'impacte del cometa Raben-Tsiolkovski contra la Terra i com la humanitat va lluitar amb diferents estratègies per sobreviure.

Demà visitarem la Ciutadella. No sabem què és, ni què va voler dir l'Atlas Goi amb «allà trobaran més respostes».

25

Els robots i la Ciutadella

L'aigua havia estat caient del cel durant tota la nit. Els primers raigs de Sol evaporaven la mullena i la brisa feia voleiar la boira baixa que es formava. L'Edgar, fascinat, contemplava el matí radiant des de la cambra on havien dormit, al pinacle més alt del temple.

Va rellegir les últimes pàgines del quadern abans d'adormir-se, de mica en mica anava paint les explicacions del doctor Prevost. Li ressonaven a les temples les paraules de l'Atlas Goi: «si ens arriben les dones a dalt, us arriba l'aire i l'energia a baix». Era un acord cruel, però havia entès per què per a ambdós mons era vital.

L'alcalde Goi va arribar quan havien acabat d'esmorzar. Els va portar unes túniques verdes.

—Poseu-vos aquesta roba —els va dir—. Anirem a la Ciutadella, és un lloc que heu de conèixer per entendre aquest món on heu arribat.

—T'agrada aquest color, Izan? —va burxar la Zoe al noi daltonià.

Una hora després van sortir del temple per la façana principal. L'Edgar es va girar per admirar-lo amb la llum del dia des d'una altra perspectiva. Va distingir, entre els pinacles, l'anell metàl·lic al cel, però els ulls se li'n van anar a les figures fantasmagòriques esculpides a la façana.

—L'Apocalipsi, la fi del món, està ben simbolitzat en aquest temple. Poca gent sap que es va començar a construir dos-cents anys abans del xoc amb el cometa —va explicar l'alcalde Goi.

Tot d'una van veure el Rubik. El robot venia cap a ells i va començar a rodar i fer giragonses, com si estigués content de tornar a ser amb ells. La Duna es va alegrar de veure'l i va tocar amb la punta dels dits la superfície esfèrica, que va vibrar un instant:

—Rubik... Vosaltres vau fer que el trobéssim, oi? —preguntà ella.

L'Atlas Goi va trigar uns quants segons a respondre.

—No va ser així, exactament. L'Elvex us ha ajudat a trobar el camí, però abans que vosaltres nasquéssiu el robot ja era on el vau trobar.

—Abans que nasquéssim? —es va estranyar l'Izan. L'alcalde va assentir amb el cap.

—Per què li dieu Elvex? —va voler saber la Duna.

—És un robot somiador, una vella història. —L'alcalde va somriure.— Ha estat molt de temps com si somniés, en letargia, fins que vosaltres l'heu despertat.

—Per a nosaltres és el Rubik —va intervenir l'Edgar.

—Per què Rubik? —ara era l'Atlas Goi qui preguntava.

El noi va moure els dits com si fes girar un petit cub imaginari, però en veure l'expressió de l'Atlas Goi va adonar-se que no l'entendria.

L'home va dibuixar un dos amb els dits:

—Es van enviar dos robots: el Robbie a Hidropònia; l'Elvex a Edàfia.

—El Robbie va contactar amb el professor Brigs —va lligar caps la Duna.

L'alcalde va assentir amb el cap:

—Quan estava reclòs treballant per als militars, Brigs va trobar el Robbie a Hidropònia. El Ministeri de Seguretat de Talpònia va descobrir el robot i el professor va activar l'autodestrucció del Robbie. Les dades, el sistema de comunicació..., tot. —Goi va tancar les mans bruscament.— El Robbie es va convertir en ferralla, en un cub inservible.

—Ara ho entenc —va dir la Duna movent el cap amunt i avall.

—Què? —li preguntà l'Izan.

—El Brigs va aprendre el codi robòtic del Robbie. Només així ens podíem comunicar amb l'Elvex, vull dir amb el Rubik —va corregir—. Per això, en saber que l'havíem trobat, va voler ensenyar-me més sobre el codi robòtic.

—Què en sabeu, del professor Brigs? —va preguntar, tot seguit, l'Edgar—. Ell es va arriscar per nosaltres, va desviar l'atenció dels nostres perseguidors cap a ell. El podeu guiar fins aquí?

L'alcalde Goi va fer un gest de preocupació.

—Fa dies va deixar d'enviar senyals de geolocalització, segurament per protegir-vos. —L'Atlas Goi va encongir les espatlles.— No sabem què pot haver-li passat. Segurament ignoreu que l'Enzo Brigs és portador d'una alteració genètica que determina una malaltia greu.

—Una malaltia greu? —A la Duna li van venir al cap els tics facials i els moviments anormals que Brigs de vegades feia amb les mans.

—El mal de Huntington, que provoca una degeneració progressiva del sistema nerviós i motor a partir dels quaranta-cinc o cinquanta anys. Els primers senyals de la malaltia són tics i moviments involuntaris. Amb el pas del temps la degeneració és molt severa i la mort és inevitable. Va ser després d'arribar la meva mare a la superfície que els genetistes van ser informats de la malaltia familiar.

La Duna va mirar l'Edgar, que tenia els ulls clavats a terra.

—La teva mare també...? —preguntà l'Elna.

—No, ella tenia les mateixes possibilitats que el seu germà de portar la mutació, però va tenir sort: no la porta.

Van continuar caminant en silenci per una avinguda encaixada entre rengleres d'arbres i vegetació que s'espessia a banda i banda. La pedra grisa dels antics edificis es confonia amb el bosc. En una petita clariana van veure unes escales que descendien.

—Potser preferiríeu caminar pel túnel de l'antic metro —va comentar l'Atlas Goi—, però crec que és millor que us acostumeu a la llum del Sol.

L'Edgar va buscar els ulls de la Duna que, com ell, no duia les ulleres fosques. Va veure que somreia.

El camí s'eixamplà i van passar entre dos pilars enormes de pedra erosionada, vermellosa. L'alcalde va dibuixar amb un dit un semicercle a l'aire.

—Fa més de quatre-cents anys era un arc, un Arc de Triomf.

Cap dels adolescents va preguntar què significava; havien vist arcs de dimensions més reduïdes a Edàfia, sabien que eren símbols de victòries a la guerra. Van continuar per una avinguda flanquejada per les ruïnes d'edificis. Al final hi havia una zona on els arbres eren alts i frondosos. Al llarg del camí van veure algunes persones, dones vestides amb túniques blanques i grups d'homes que es dirigien cap als arbres alts, alguns amb túniques verdes, com les seves.

—On hi ha el camp de catxbol, en aquesta ciutat? —va preguntar l'Izan.

L'alcalde Goi no va entendre la pregunta, ni va advertir el cop de colze que l'Edgar va etzibar dissimuladament al seu amic.

Van aturar-se davant una gran reixa, rere la qual hi havia el bosc que havien vist des de lluny. A l'entrada hi havia arbres de diferents espècies, plantes enfiladisses i petites llacunes envoltades de vegetació. Van veure animals que desconeixien. La piuladissa dels ocells era constant.

—Som a la Ciutadella —va dir l'Atlas Goi—. És un lloc molt especial de la ciutat. Fa uns dos mil anys va ser una fortalesa militar, però abans de la catàstrofe era un lloc d'esbarjo amb museus, un parc amb vegetació exòtica i també acollia el Parlament de la República on visqueren els meus avantpassats. —Va estendre un braç cap a les restes d'un edifici entre la vegetació.— Gaia, per cert, no té nacions ni estats. S'organitza en ciutats independents i sobiranes. Cada cinc anys triem un nou alcalde i la nostra societat es basa en el repartiment equitatiu dels béns i els recursos. La justícia, l'art, la ciència i l'educació és el més important per a nosaltres, però també ho és no extingir-nos. —A l'alcalde se li enfosquí l'expressió.— Des de fa cent anys les úniques armes que tenim són les que podem fer amb les mans i només les utilitzem per caçar i defensar-nos dels depredadors. Vam decidir abandonar les antigues energies. Només fem servir la llum del Sol i l'imitem amb la fusió atòmica freda, que es va inventar massa tard, mentre s'intentava evitar la catàstrofe.

—Què és allò? —L'Elna assenyalava una gran estructura de vidre semiesfèrica.— Em recorda la cúpula de la Fira del Talp, però transparent.

—És el que vull que conegueu —va dir, amb solemnitat, l'Atlas Goi.

La cúpula era enorme, el punt més alt s'alçava uns cinquanta metres i el perímetre recorria dos quilòmetres. La llum del Sol quedava atenuada pel vidre, que s'enfosquia segons la intensitat lumínica. Dins la cúpula creixien arbres i arbustos de moltíssimes espècies, era com un gran bosc sota el vidre. A l'entrada hi havia dos homes amb dagues llargues lligades al cinyell, com a la porta del temple de l'Apocalipsi. Els homes van inclinar el cap en identificar l'alcalde. Dins la cúpula l'aire era humit i càlid. Les plantes gairebé no deixaven passar la llum, que arribava somorta a terra. Al bell mig de la cúpula s'estenia un llac, a la riba del qual van veure desenes de cabanes petites fetes de pedra. De les cabanes entraven i sortien dones. Anaven descalces i amb túniques blanques. Algunes, les més joves, estaven embarassades. L'Elna i la Duna es van mirar durant un instant i abans que cap de les dues preguntés res, l'alcalde Goi va parlar:

—Són mares de les profunditats.

La Duna buscà la mà de l'Edgar i la va prémer fort.

—Hem reprogramat el Rubik —l'alcalde es va referir al robot, per primer cop, amb el nom que ells utilitzaven— perquè us ajudi a buscar les vostres mares. —Goi es va ajupir i va tocar l'esfera metàl·lica amb la punta dels dits. El robot va començar a rodar cap a una de les cabanes. Els adolescents van córrer rere el Rubik, que es va aturar davant la porta. Quan les tres noies i els tres nois estaven a punt d'entrar a la cabana, una dona gran els va barrar el pas. No era albina, però tenia els cabells emblanquits, la pell rosada i un ull cec, amb l'iris blanc.

—Què voleu?

El seu accent era d'un suburbi dels més poblats d'Edàfia.

—Busquem les nostres mares —va respondre la Duna.

La dona va reconèixer l'accent de la noia i va mirar els altres.

—D'on veniu?

—D'Edàfia.

Ella els va tornar a mirar amb l'únic ull que conservava la visió.

—No pot ser..., sou massa joves. Vosaltres no heu tingut cap fill —va dir negant amb un dit, dirigint-se a les tres noies.

—No n'hem tingut. Venim de la Fira del Talp. —La Zoe va moure el braç i va mostrar-li el cronollotge que l'Edgar li havia donat.

—La Fira... la Fira del Talp? No pot ser. —La dona va fer que no amb el cap, va tapar-se la cara amb les mans i va començar a plorar silenciosament.

Dins la cabana hi havia poca llum. Van distingir unes escales que descendien i menaven a una planta subterrània sota l'edificació, una galeria il·luminada d'una forma que els resultava familiar. Hi havia llits a cada banda, i unes vint dones entre els trenta i els quaranta anys.

La Duna anava davant i mirava a banda i banda amb ansietat. Recorria els rostres de les dones amb els ulls. Va ser la primera que va començar a cridar:

—Glàdia! Glàdia Calvin! —Era impossible reconèixer la seva mare deu anys més tard d'haver-les separades, quan ella era una criatura de cinc anys.

Els altres també van començar a pronunciar en veu alta els noms de les seves mares. Dins la galeria hi havia poca llum, però la Duna cercava —amb ansietat— una dona, una mare de les profunditats amb els ulls verds.

En sentir les veus, una dona es va alçar feixugament del llit on estava ajaçada. Es va posar la mà al ventre i va començar a caminar lentament cap al centre de la cabana. S'acostà, per darrere, a la noia que cridava el seu nom i li va posar una mà sobre l'espatlla. L'adolescent es va girar. La dona va observar els ulls verds, la cabellera negra de la noia.

Van mirar-se els ulls durant uns segons que van semblar eterns. Cap de les dues no era capaç d'articular ni una paraula. Finalment la dona va parlar:

—Duna? Ets la meva Duna?

—Mama? —la veu, inaudible com un sospir, gairebé se li va extingir als llavis.

Es van abraçar. La Duna plorava i no va percebre el ventre prenyat de la mare contra el seu cos. Només notava les llàgrimes tèbies de la dona que es barrejaven a les galtes amb les seves.

—Sabia que no ens havies abandonat, que t'havien portat a la força, a algun lloc desconegut... —va aconseguir dir la Duna.

—La meva Duna..., em creia que no et tornaria a veure mai més.

—És la mare, Edgar! És la meva mare! —va cridar la Duna, sense desfer l'abraçada i cercant el noi amb la mirada. Llavors va veure el Rubik, rere la seva mare, que refulgia amb un color verd meravellós.

Durant més de dues hores, mentre compartien l'àpat del migdia en una de les cabanes menjador, la Glàdia Calvin els va explicar que la mare del Lucas havia mort durant el tercer embaràs. La mare de l'Elna, albina com la filla, havia perdut la vista al cap de pocs mesos d'arribar a la superfície i també va morir abans que pogués tenir cap fill. La mare de l'Edgar havia tingut dos fills a la Ciutadella, però poc després de néixer el segon l'havien traslladada a una ciutat del nord. De les mares de la Zoe i de l'Izan no en sabia res. Ella estava esperant una criatura, una nena, que seria el quart fill nascut a Gaia.

L'Edgar li va preguntar com treien les dones d'Edàfia. La Glàdia els va explicar que a ella i a dotze mares més les havien acompanyades uns guardians de la Santa Pala per uns passadissos desconeguts fins a una galeria circular on hi havia uns bancs de pedra. La mare de la Duna els va dir que havia cisellat sobre la pedra el seu nom —mentre ho explicava van entendre que el lloc era aquella sala on els havia dut el Rubik la primera vegada que els va guiar—. Després, uns altres homes —ciutadans de Gaia—, les havien conduïdes per túnels estrets i passadissos durant dies, fins que van arribar a la superfície. Els va explicar que, quan van veure per primer cop les estrelles, algunes dones van estar a punt d'embogir i que el Sol havia afectat la vista de moltes, especialment de les que eren albines.

La Ciutadella era el lloc on vivien la major part de les dones de Subgaia, les mares de les profunditats. Allà s'aparellaven, passaven el període de gestació i tenien els fills; quan deixaven de ser fèrtils, gaudien d'una situació de privilegi i tenien llibertat per abandonar la Ciutadella i traslladar-se a viure amb algun dels seus fills grans. O bé es quedaven a cuidar les mares joves.

—I els fills petits, mama? On són les criatures? —va preguntar la Duna amb llàgrimes als ulls—. No n'hem vist cap, aquí.

—Se les enduen pocs dies després de néixer —va dir la Glàdia Calvin—. Intenten evitar que tinguem llaços afectius amb els nostres fills mentre són infants. S'encarreguen d'alimentar-los, cuidar-los, ensenyar-los la nostra llengua i educar-los. Quan són adolescents, com vosaltres, deixen que vinguin i passin temporades amb nosaltres.

L'Edgar va pensar en la Sara Brigs i en l'Atlas Goi, i també en la seva mare i els germanastres que probablement mai no coneixeria.

26

El mamut i l'anell al cel

L'Edgar va sortir de la cúpula de vidre de la Ciutadella molt confós, amb una barreja d'emocions. La seva mare potser continuava viva, però lluny, en un món en què gairebé tot li resultava desconegut. Estava feliç per la Duna, però desolat per la desaparició de les altres mares.

Va veure l'Atlas Goi que l'esperava. Seia en una roca, recolzat en un arbre. S'hi acostà.

—La Duna ha trobat la seva mare —va dir el noi.

—Ha de ser emocionant que una filla trobi la seva mare després de tant de temps, quan cap de les dues creia que mai no tornarien a veure's —va dir l'alcalde Goi mentre s'acariciava la barba amb els dits d'una mà.

—Mai no va perdre l'esperança... Crec que la Duna va iniciar aquesta travessia, que no sabíem on ens duria, només per trobar-la.

—Potser l'esperança i l'amor són els motors que han fet que la humanitat hagi sobreviscut. —L'home va mirar el noi i li va posar una mà sobre l'espatlla.— La teva mare... no sé on la pots trobar.

L'Edgar va respirar fondo i va descobrir el Rubik, que era rere l'arbre on es recolzava l'alcalde.

L'Atlas Goi es va alçar i es va endinsar al bosquet que hi havia rere l'arbre.

L'Edgar el va seguir. El Rubik, també.

—Som en un alzinar —va dir l'Atlas Goi—. És el bosc original d'aquesta zona. Fa dos mil anys, probablement, aquí mateix hi va haver un altre alzinar no gaire diferent d'aquest.

El sotabosc era dens i els costava avançar. Tot d'una, entre la vegetació s'alçava una estàtua de pedra d'un animal. La bèstia era colossal: feia cinc metres d'alt, amb quatre potes com columnes, uns ullals recargolats i un nas que a l'Edgar li recordava el dels talps, però molt més llarg i estranyament deformat.

—Què és? —preguntà l'Edgar, impressionat.

—Un mamut. Els últims mamuts van sobreviure fins fa uns cinc mil anys a les zones més fredes del planeta i, de sobte, es van extingir. —L'home es va acostar a l'estàtua i va posar una mà sobre la immensa trompa.— Els humans no som, ni érem, més evolucionats que els mamuts, ni que el més ínfim microorganisme d'aquest bosc, però som una espècie amb un sistema nerviós que ens ha permès sobreviure a molts canvis que van fer sucumbir altres espècies. Vam sobreviure, també, a l'impacte del cometa que va causar la desaparició del noranta per cent de les espècies de mamífers. També ens podem extingir, i el nostre sistema nerviós tan complex en pot ser la causa, però cal fer tot el possible perquè això no passi.

—El doctor Prevost ens va explicar per què és necessari que vosaltres i nosaltres ens barregem, que els dos mons visquin junts. —L'Edgar va encreuar els dits de les mans.— Crec que ho he entès, però no sé què espereu que fem.

—No confiàvem que ningú de Subgaia aconseguís arribar fins aquí voluntàriament. Enviar-hi els robots va ser com tirar l'ham, i la sorpresa va ser veure que éreu sis adolescents —va somriure—. Volem que conegueu com vivim, com és la ciutat i la llum de la superfície. Us hem explicat l'acord amb el vostre món, per què vam portar fins aquí les vostres mares. Voldríem que tornéssiu a Edàfia i expliquéssiu què heu vist, però sabem que si torneu correu massa perill.

—L'Església de la Santa Pala? —va deduir l'Edgar.

—No només els fanàtics, també el Ministeri de Seguretat i, de fet, el mateix estat, al qual no li convé que l'acord es conegui, ni que se sàpiga que existeix la superfície i la llum pura, com diuen les vostres llegendes.

—Per què no els expliqueu el problema, per què no hi aneu? Si coneixen el perill que tots correm, potser estaran d'acord a venir a la superfície.

—Ho hem pensat molt, però els estats de Subgaia estan massa avesats a la guerra i podrien considerar la nostra arribada com una invasió i, el que és pitjor, posar l'acord en perill. —L'alcalde Goi va arrufar el front i prosseguí:— un dels plans és entrar en contacte amb la presidenta d'Edàfia.

—Amb l'Eva Edenson? —el va interrompre l'Edgar.

—Els nostres psicohistoriadors han analitzat la conducta i les decisions de la presidenta Edenson com a estadista. Asseguren que podríem entendre'ns amb ella... que podríem negociar si abans no l'allunya del poder el patriarca de l'Església de la Santa Pala.

—Devia ser ell qui va enviar els guardians contra nosaltres.

—Els guardians us van perseguir?

L'Edgar li va explicar a l'Atlas Goi la persecució pel laberint i per les grutes i els passadissos d'Hidropònia. Quan va acabar d'explicar-ho va alçar la vista cap als ullals del mamut i entre el fullam va distingir l'anell metàl·lic, que brillava al cel.

—No ens has explicat què és aquest anell que hi ha al cel. —L'Edgar va tutejar per primer cop l'alcalde i va apuntar amb un dit l'enorme estructura circular suspesa al cel.

L'Atlas Goi va mirar cap a dalt.

—Als pobladors de Gaia no ens agrada gaire parlar-ne, però l'anell, com tu en dius, comparteix la vostra història.

—La nostra història?

—Quan la catàstrofe era inevitable hi va haver diferents èxodes: una petita fracció dels habitants del món es va refugiar a les profunditats, dels quals uns quants van tornar a la superfície; uns quants milers de persones escollides van anar a la ciutat orbital i a les colònies lunars; i uns milers més, també triats, van marxar en grans naus en un viatge interestel·lar cap a un destí desconegut.

—L'anell és la ciutat orbital?

—Exacte. En diem la ciutat del cel, i és immensa, molt més gran del que sembla. Es van endur animals i plantes per conrear, llavors per plantar boscos. Sabem que van aconseguir generar sistemes naturals similars als de la Terra. L'energia els sobrava, però els faltava aire i, sobretot, aigua. Creiem que no van ser capaços de mantenir el cicle de l'aigua durant tant de temps i que l'estació orbital s'ha convertit en un desert.

—Hi viu gent? Sabeu si els humans han sobreviscut durant quatre segles?

—Estem aïllats els uns dels altres i no sabem si hi queda algú viu. —L'alcalde va separar les mans.— Potser l'aïllament genètic els va afectar abans que a nosaltres.

—També hi ha robots, a la ciutat del cel? —L'Edgar va apuntar el Rubik.

—Els nostres enginyers creuen que els robots, al cap d'un segle, se'n van fer els amos. La sostenibilitat de la ciutat del cel depenia massa de les màquines. Vosaltres, en canvi, vau decidir destruir i prohibir els robots quan vàreu creure que podien ser un perill.

—No semblen tan perillosos —va dir l'Edgar mirant el Rubik.

—I poden ser extremadament útils. Ja ho heu pogut comprovar.

L'Edgar va assentir amb el cap.

—I els que van anar a la Lluna i a l'espai?

—Vam perdre les comunicacions amb les colònies lunars fa més de cinquanta anys. Dels que van marxar a l'espai tampoc no en sabem res.

El noi i l'home van deixar enrere el mamut de pedra i van sortir de l'alzinar. Van dirigir-se a la cúpula de vidre.

Mentre caminava al costat de l'alcalde, l'Edgar Grim va observar l'anell metàl·lic suspès per sobre d'ells —la ciutat del cel, com acabava de saber que en deien—. Li costava imaginar-se que segles enrere moltes persones haguessin fugit per sobreviure en un nou món quilòmetres per sobre de la superfície. Uns cap a dalt, al cel, els altres cap a baix, a les profunditats.

27

L'estany de les salamandres

L'Edgar va tornar a la cúpula. Pensar que la seva mare havia viscut allà durant molts anys i que havia tingut dos fills li provocava una sensació de melangia. Se sentia incòmode de trobar-se de nou amb l'Elna i el Lucas, ara que sabien que les seves mares no havien sobreviscut. Va veure la Zoe que sortia d'una de les cabanes. Va cercar la Duna, però no la va veure i va pensar que devia ser amb la seva mare.

Va sentir la veu de l'Izan, des de la zona boscosa, que els cridava:

—Veniu!

La Zoe i l'Edgar van dirigir-se cap als arbustos des d'on els havia cridat el seu amic.

—La mare de la Duna ens ha explicat que seguint aquest camí arribarem a un petit estany on es reunien les nostres mares. —L'Izan va moure una mà cap a una senda estreta envoltada de vegetació.— Ens ha dit que la teva mare, Edgar, hi passava moltes tardes fins que es feia de nit i que, a l'estany, hi viuen uns animals negres i grocs, molt estranys.

El camí s'endinsava a una zona boscosa. Els arbres eren alts i les branques estaven cobertes de molsa i plantes enfiladisses. Quan passaven, els ocells alçaven el vol. El vidre de la cúpula deixava veure el cel, però atenuava la intensitat de la llum. Paral·lel al camí, corria un rierol amb vegetació als marges. Hi havia una munió de diminuts animals voladors a prop de l'aigua.

Pocs minuts després van arribar a un petit llac d'ai-

gua cristal·lina, que no devia tenir més de mig metre de profunditat, al voltant del qual hi havia uns bancs de pedra protegits de la vegetació.

—Mireu! —va dir l'Izan assenyalant el fons de l'estany—. Deuen ser les salamandres, aquells animals dels quals ens ha parlat la mare de la Duna.

L'Izan apuntava amb el dit dues criatures negres, llefiscoses, amb taques irregulars d'un groc viu que nedaven amb lentitud entre les roques.

—Semblen els tritons d'Hidropònia, però de color groc i negre —va dir la Zoe.

Tots tres van seure en un dels bancs. L'ambient era humit i càlid i l'Edgar va recordar que l'Atlas Goi els havia explicat que la cúpula deixava passar l'aigua de pluja pels forats diminuts que hi havia al vidre, però que el material de què estava construïda retenia la calor, fet que permetia mantenir la temperatura de les últimes hores de la tarda i de la nit com la del dia. Només se sentia la piuladissa dels ocells i el xarboteig de l'aigua del torrent que desembocava a l'estany.

Tot d'una, l'Izan va llançar la pregunta que ningú no gosava plantejar:

—Creieu que les vostres mares continuen vives?

—No ho sé, però després de tant de temps ja m'he resignat a no tornar-la a veure —va dir la Zoe amb els ulls fixos a les salamandres.

—Esteu disposats a tornar amb els pares? A tornar al nostre món? —va preguntar l'Edgar.

L'Izan va encongir les espatlles:

—Trobo a faltar el pare..., però estic confós. No sé què fer.

—Jo també estic confosa. —La Zoe va llençar una pedreta a l'aigua. Dues salamandres es van amagar sota les roques del fons.

—L'alcalde Goi pensa que és perillós que tornem a Edàfia, però no crec que ens ho impedeixi, si decidim fer-ho —va dir l'Edgar.

—Vaaa, com que no? —va esclatar la Zoe—. No veus que van raptar les nostres mares? Encara no has entès que les van utilitzar, les van deixar morir i que a les que han sobreviscut mai no les deixaran tornar al seu món? —La noia, enutjada, va negar amb el cap.— A nosaltres tampoc no ens hi deixaran tornar.

L'Edgar va haver d'admetre que la Zoe tenia raó, però no estava gaire segur que les mares que havien sobreviscut volguessin tornar sota terra. Va estar a punt de parlar-los de l'Eva Edenson, de dir-los que l'Atlas Goi feia una estona li havia explicat que els psicohistoriadors de Gaia havien analitzat la personalitat de la presidenta i creien que els alcaldes de les ciutats de la superfície podrien arribar a negociar amb ella.

La Zoe va palpar amb els dits el cronollotge que duia a l'avantbraç.

—No crec que aquí ens faci cap falta, això —va dir mentre se'l treia.

—Ni l'intercomunicador —va dir l'Izan, i se'l va deslligar de l'avantbraç. Va començar a treure's també la cadena del canell on duia la petita esfera que li permetia emetre i rebre senyals vibratoris amb l'Edgar, però aquest el va aturar.

—No te'l treguis, Izan —li va demanar l'Edgar al mateix temps que palpava amb els dits la cadeneta al voltant del seu coll de la qual penjava el petit dispositiu que ell duia—. Mai no se sap si aquí necessitarem tornar a fer servir el codi de màxima urgència. —En dir-ho va somriure i li va picar l'ullet. L'Izan també va somriure.

Va mirar l'anell al cel a través del vidre de la cúpula.

—Creieu que hi ha algú, vivint allà dalt? —va preguntar l'Izan.

—L'Atlas Goi m'ha assegurat que fa anys van deixar de comunicar-se amb ells. No saben si hi queda algú viu. —L'Edgar es va inclinar cap a l'aigua i amb un gest sobtat va agafar una de les salamandres. La va sostenir amb delicadesa, sobre el palmell de la mà. Fora de l'aigua les taques grogues destacaven encara més sobre la pell lluent, negríssima, de l'amfibi. L'Edgar va acostar la mà a l'estany i la salamandra va lliscar amb suavitat cap a l'aigua.

—I si les nostres mares són allà dalt? —va dir la Zoe.

—És impossible —va negar amb un dit l'Edgar.

—I si, per sobreviure, també necessiten mares? Mares de les profunditats... o de la superfície? —La Zoe es va alçar del banc sense apartar la mirada de la ciutat del cel.

Els dos nois i la noia van deixar l'estany enrere i van reprendre el camí de tornada. En arribar al llac on hi havia les cabanes, la Zoe i l'Izan van anar cap a l'edifici on els havien dit que trobarien l'Elna i el Lucas.

L'Edgar va veure l'Atlas Goi. Al seu costat hi havia un noi. S'hi va acostar i el va observar amb deteniment. Devia tenir uns dotze o tretze anys, era pèl-roig i tenia els ulls blaus. Era gairebé tan alt com ell. Va interrogar l'alcalde amb la mirada.

—Sou germans de mare. Es diu Alan —va assentir amb el cap—. La vostra mare va triar el nom. L'Alan viu al barri que hi ha prop de la costa, té tres germans de diferent mare.

L'Edgar no sabia què dir, ni com saludar-lo. Tot d'una el noi, l'Alan, li va oferir els dos colzes. L'Edgar va fer xocar els seus dos colzes amb els del noi, tot i que ell s'hauria estimat més abraçar-lo.

—L'alcalde m'ha explicat que la nostra mare et va tenir abans, al lloc d'on venia. M'ha parlat molt de tu i volia conèixer-te. —El noi va somriure i va mostrar els palmells de les mans. L'accent no era edafenc, ni de cap altre territori que l'Edgar conegués.

Segurament l'havia adquirit amb la família que l'havia adoptat.

—Els pares adoptius de l'Alan et volen convidar a sopar a casa seva, avui —va dir l'alcalde.

—Al seu forat? —es va estranyar L'Edgar.

El noi el va mirar astorat.

—Al seu forat —va confirmar l'alcalde.

—Hi aniré. —L'Edgar va posar una mà sobre l'espatlla del noi.— Sí, Alan, tinc moltes ganes de conèixer la teva família!

El nen va somriure i va mirar, il·lusionat, l'alcalde.

—A tu, Edgar, faré que t'hi acompanyin més tard —va dir l'Atlas Goi—. L'Alan ha de tornar ara a casa.

L'Edgar es va quedar sol. Va caminar fins a un lloc des d'on podia veure el llac i les cabanes de pedra. Va recolzar l'esquena en un arbre. La llum de la tarda, esmorteïda i rogenca, feia brillar amb tonalitats iridescents la ciutat del cel. En abaixar la vista del sostre de la cúpula, va veure la Duna, que passejava amb la seva mare sota els arbres que creixien entre el llac i les cabanes. El noi va separar-se a poc a poc de l'arbre per observar-les des de més a prop. Parlaven, agafades de la mà. S'acostaven cap on era ell. La noia va mirar un instant l'anell enorme que brillava al cel, va girar el cap i els ulls d'ella es va trobar amb els d'ell. Eren a pocs metres l'un de l'altre. Ell va veure guspirejar els ulls de la Duna i el cor va començar a cavalcar al seu pit.

En aquell precís moment va saber que mai no tornarien sota terra, al món fosc del qual venien.

Índex

Llibre tercer: Gaia

Aquí acaba aquest llibre
escrit, il·lustrat, dissenyat, editat i imprès
per persones que estimen els llibres.
Aquí acaba aquest llibre que tu has llegit,
el llibre que ja ets.